U0092534

圖一　三字經故實書影

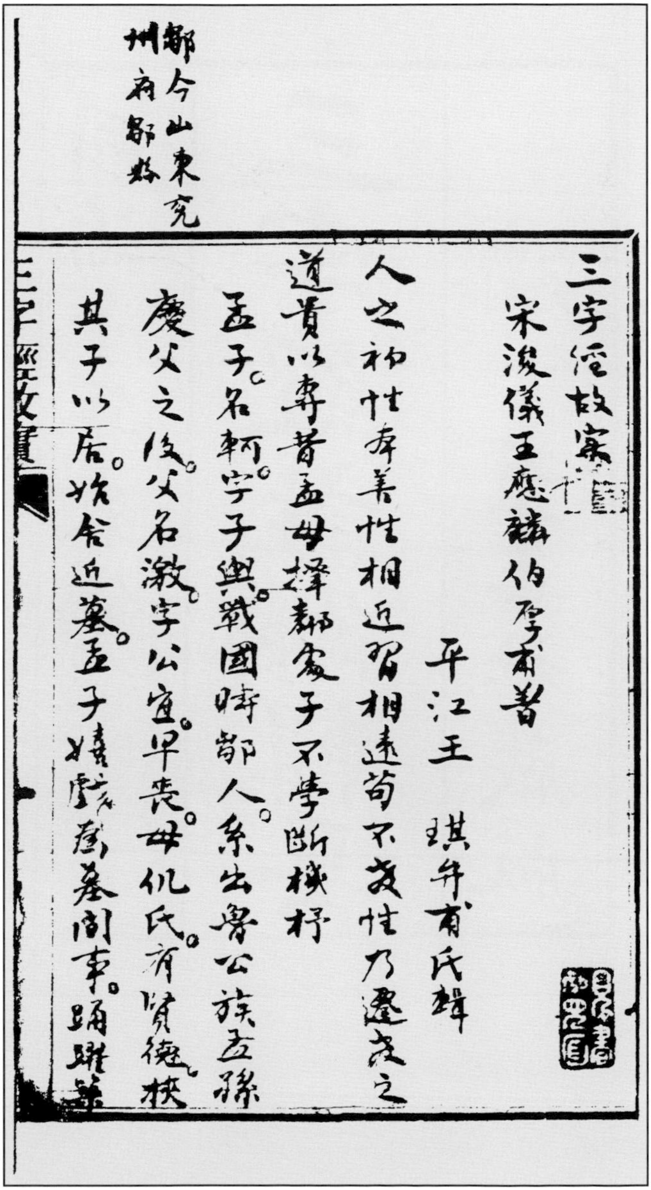

鄒今山東兗州府鄒縣

三字經故實

宋浚儀王應麟伯厚甫著

平江王　琪弁甫氏輯

人之初性本善性相近習相遠苟不教性乃遷教之

道貴以專昔孟母擇鄰處子不學斷機杼

孟子。名軻。字子輿。戰國時鄒人。系出魯公族孟孫

慶父之後。父名激。字公宜。早喪。母仉氏。有賢德。挾

其子以居。於舍近墓。孟子嬉戲爲墓間事。踴躍築

三字經故實

圖二　三字經註解輯要書影

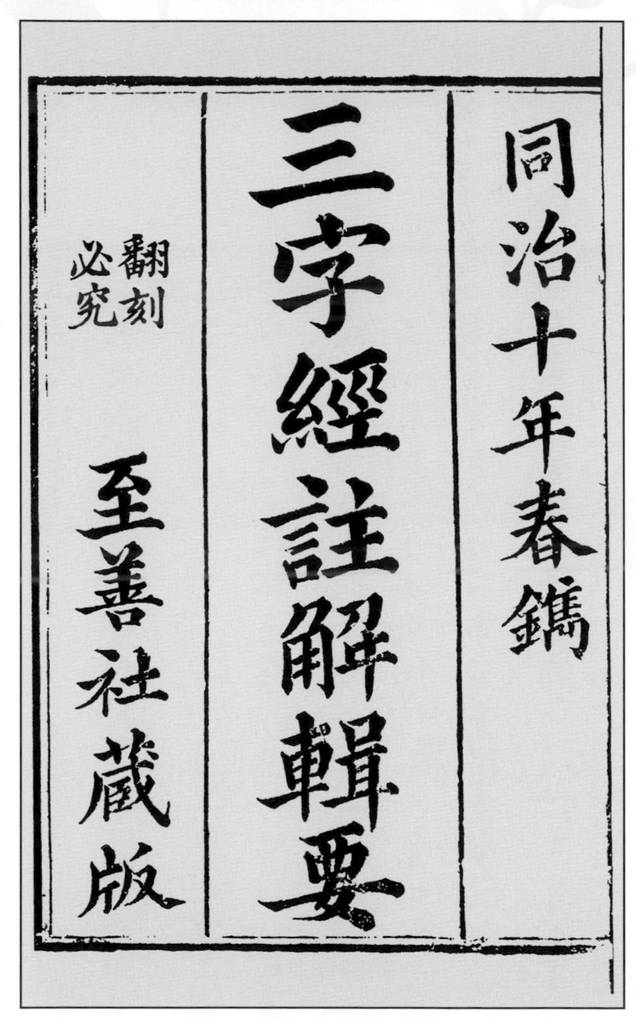

圖三　三字經註解備要書影

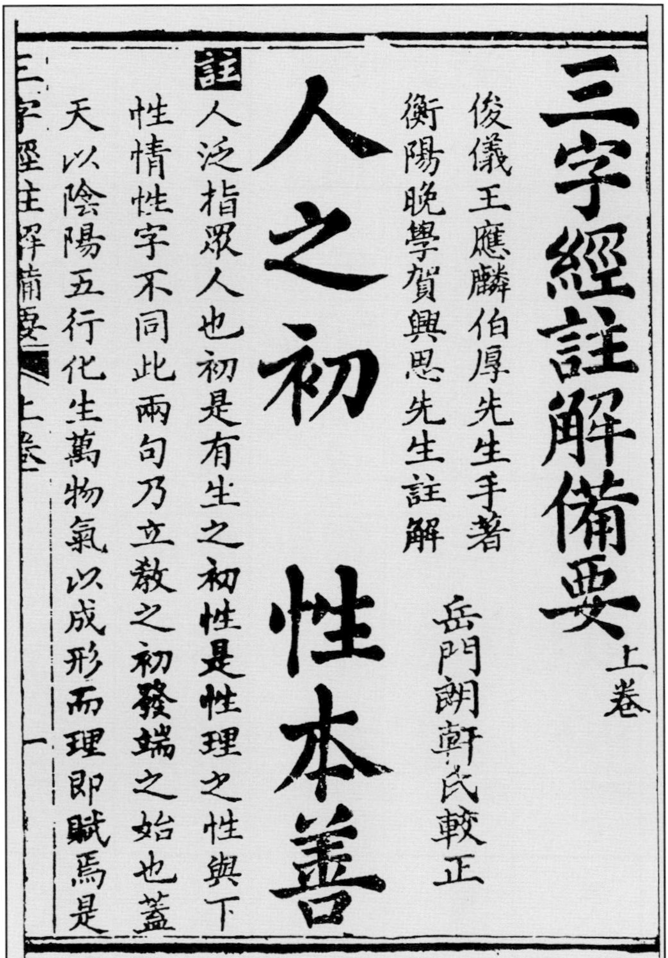

三字經註解備要　上卷

俊儀王應麟伯厚先生手著

衡陽晚學賀興思先生註解

岳門朗軒氏較正

人之初　性本善

註 人泛指眾人也初是有生之初性是性理之性與下性情性字不同此兩句乃立教之初發端之始也蓋天以陰陽五行化生萬物氣以成形而理即賦焉是

三字經註解備要　上卷　一

圖四　三字經釋句書影

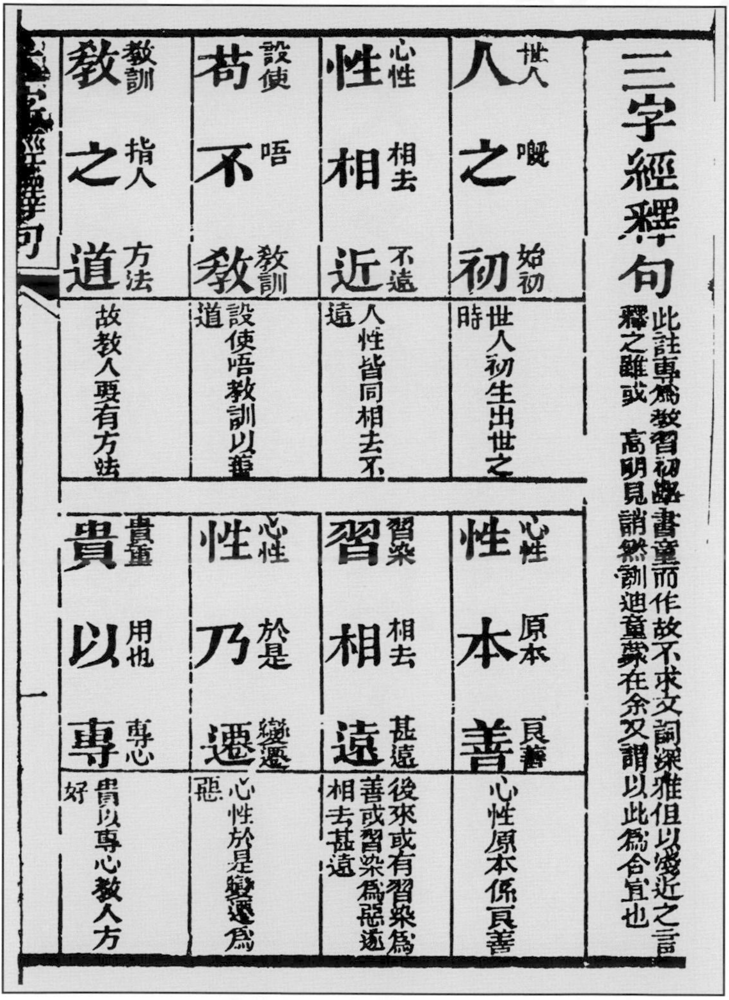

三字經釋句

此註專爲教習初學書童而作故不求文詞深雅但以淺近之言釋之雖或高明見誚然訓迪童蒙在余又謂以此爲合宜也

人（世人）之（嘅）初（始初）
世人初生出世之時

性（心性）相（相去）近（不遠）
人性皆同相去不遠

苟（設使）不（唔）教（教訓）
設使唔教訓以道

教（教訓）之（指人）道（方法）
故教人要有方法

性（心性）本（原本）善（良善）
心性原本係良善

習（習染）相（相去）遠（甚遠）
後來或有習染爲善或習染爲惡遂相去甚遠

性（心性）乃（於是）遷（變遷）
心性於是變遷爲惡

貴（貴重）以（用也）專（專心）
貴以專心教人方好

三字經釋句

圖五　孟廟碑刻

昔孟母，擇鄰處。子不學，斷機杼。(參見本書頁一五)

圖六　琢玉圖

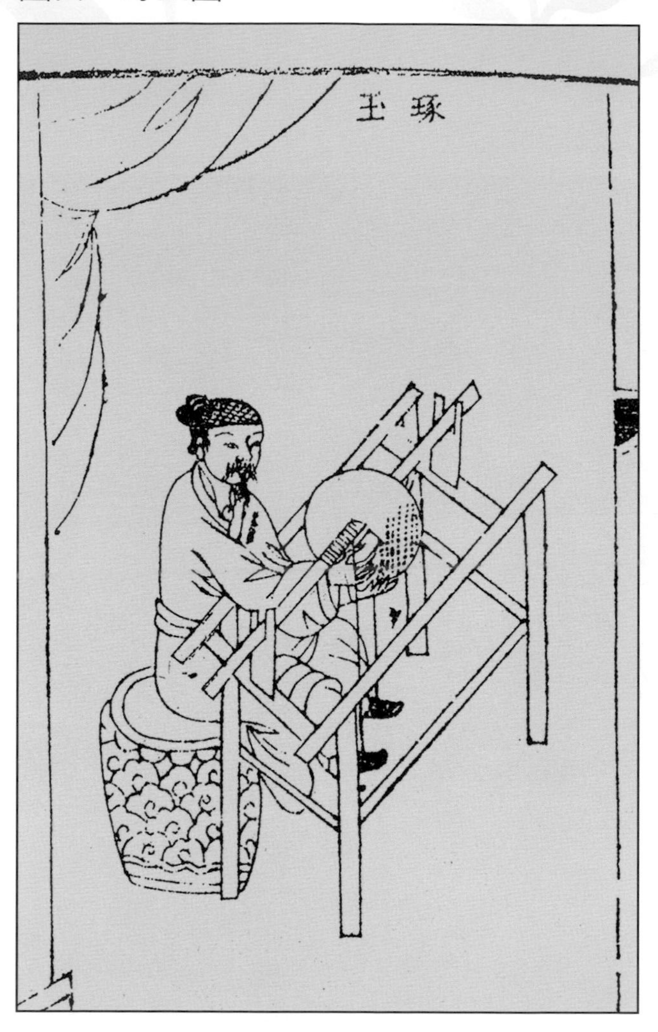

玉不琢，不成器；人不學，不知義。(參見本書頁二一)

圖七　四書書影

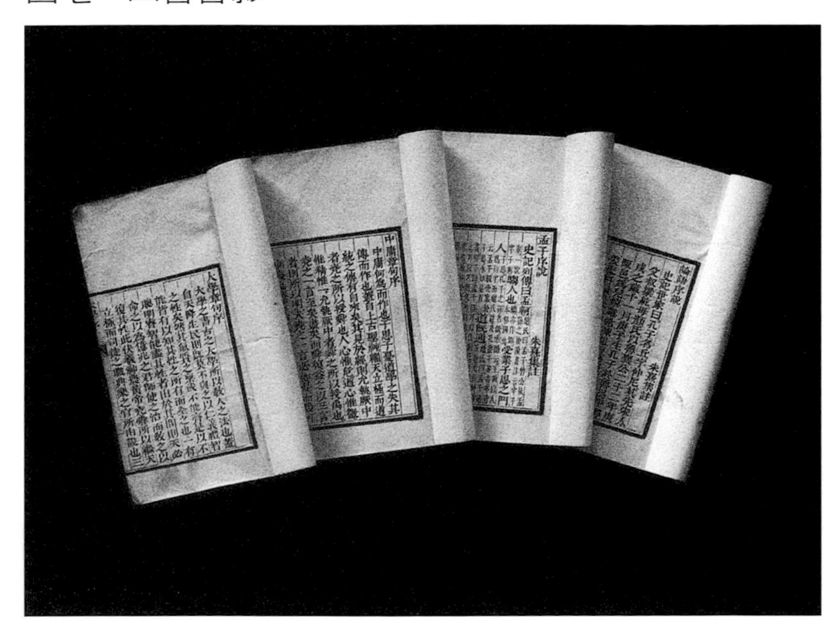

為學者，必有初。小學終，至四書。(參見本書頁五四)

圖八　簡冊

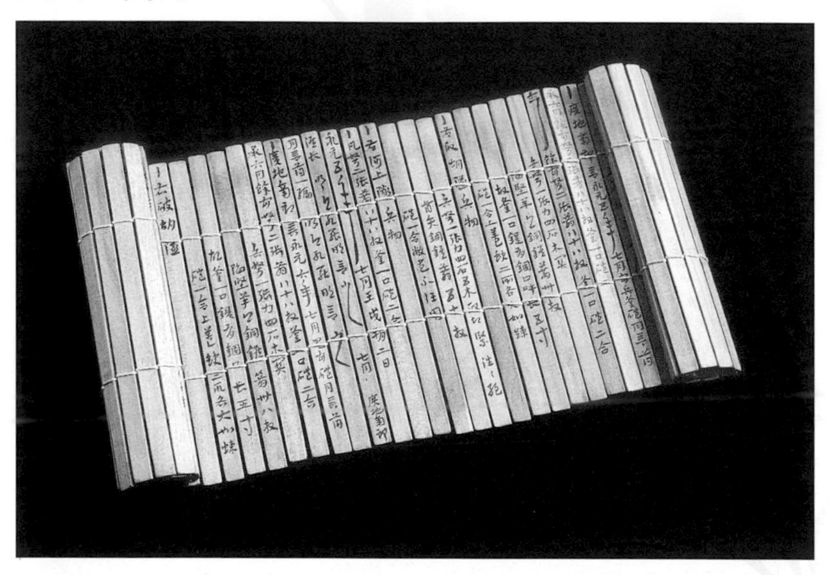

披蒲編，削竹簡，彼無書，且知勉。（參見本書頁一四二）

黃沛榮 注譯

新譯三字經

三民書局 印行

刊印古籍今注新譯叢書緣起

劉振強

人類歷史發展，每至偏執一端，往而不返的關頭，總有一股新興的反本運動繼起，要求回顧過往的源頭，從中汲取新生的創造力量。孔子所謂的述而不作，溫故知新，以及西方文藝復興所強調的再生精神，都體現了創造源頭這股日新不竭的力量。古典之所以重要，古籍之所以不可不讀，正在這層尋本與啟示的意義上。處於現代世界而倡言讀古書，並不是迷信傳統，更不是故步自封；而是當我們愈懂得聆聽來自根源的聲音，我們就愈懂得如何向歷史追問，也就愈能夠清醒正對當世的苦厄。要擴大心量，冥契古今心靈，會通宇宙精神，不能不由學會讀古書這一層根本的工夫做起。

基於這樣的想法，本局自草創以來，即懷著注譯傳統重要典籍的理想，由

第一部的四書做起，希望藉由文字障礙的掃除，幫助有心的讀者，打開禁錮於古老話語中的豐沛寶藏。我們工作的原則是「兼取諸家，直注明解」。一方面熔鑄眾說，擇善而從；一方面也力求明白可喻，達到學術普及化的要求。叢書自陸續出刊以來，頗受各界的喜愛，使我們得到很大的鼓勵，也有信心繼續推廣這項工作。隨著海峽兩岸的交流，我們注譯的成員，也由臺灣各大學的教授，擴及大陸各有專長的學者。陣容的充實，使我們有更多的資源，整理更多樣化的古籍。兼採經、史、子、集四部的要典，重拾對通才器識的重視，將是我們進一步工作的目標。

古籍的注譯，固然是一件繁難的工作，但其實也只是整個工作的開端而已，最後的完成與意義的賦予，全賴讀者的閱讀與自得自證。我們期望這項工作能有助於為世界文化的未來匯流，注入一股源頭活水；也希望各界博雅君子不吝指正，讓我們的步伐能夠更堅穩地走下去。

【新版序】

由「童蒙教育」到「經典教育」

現代社會的願景，就是人們能夠在和平進步的環境中，找到自己的方向，發揮個人的稟賦；既能安身立命、自求多福，更能利物愛人、兼善天下。果能如此，社會自會祥和，國家方能進步。要達到上述情況，社會的每一份子，除應具備基本謀生能力外，尚須建立正確的人生觀，包括：

一、宇宙生命之認知：瞭解天地變化的規律、萬物的生存空間與生態環境，以及人類與自然界的依存關係，期能達到《禮記・中庸》「萬物並育而不相害」、「贊天地之化育」的境界。

二、家族生命之承傳：體察人的出生、成長與死亡，能夠在世代交替之中，慎終追遠，且無忝所生，進而擴展到民族生命的承先啟後。

三、自身條件之評估：認識個人先天的性情、稟賦和興趣，以及後天的學養與技能，能夠把握真實的自我，以開拓生命發展的空間。

四、時機運會之順應：察覺當前時代特色與未來發展趨勢，以及個人在新時代中所能產生的影響。

五、個人分位之掌握：認知自己不同的分位與應盡的責任，以及各種分位未來的發展。

六、人際關係之協調：明瞭人際間的互動關係，能夠站在客觀立場來評估事物的變化，進而具有深厚的社會關懷。

要達成上述目標，絕非容易；然而，透過傳統經典的學習，卻能有所助益。例如：唸過三《禮》某些篇章，就可瞭解生命承傳與成長的意義，以及行事為人的節度；研讀《春秋》，則可認識人的不同分位，以及不同分位間的相處之道；通曉《易經》，則能察知天地萬物變化之道，瞭解人們應該如何掌握自我，並且從容應變。……這些都是經典教育的重要意義。我們只要將古今觀念的差異作適當調整，掌握其基本精神，就可以古為今用，作為年輕人的生活指南。

但是，學習深奧的經典必須循序漸進，因此古代士人的養成教育，可分為兩個階段：一是「啟蒙教育」，一是「經典教育」，而「啟蒙教育」可視為「經典教育」的準備工作。

由於時代、地區的不同，啟蒙的目標也頗有差別。根據近人研究，古今童蒙書可以考知的即有一百多種。然而，童蒙書的教育目標未必是單一的，有時一種書可以兼具數種功能，以《三字經》為例，它的功用，至少有六種：一為識字，二為勵學，三為教導孩童基本禮節，四為國學通論，五為提供各方面的基本知識，六為給予學童語文訓練。可說已涵蓋大多數童蒙書的功用。經由這些啟蒙訓練，孩童就可以進一步接受經典教育了。

童蒙教育的範圍，若從「啟蒙」的觀點來說，固然相當全面；然而童蒙教育的重點，主要是奠定學習的基礎，對於孩童的人格、器識的培養，則作用甚微。一來由於孩童年齡尚幼，內容過深，勢必難以消化；二來則因孩童性情未定，見識尚淺，倘若陳義過高，自必事倍功半，甚至產生反效果。因此，希望學童變化氣質、開拓視野，進而建立開物成務之觀念，必有待進階的學習。

近十年來，臺灣掀起了一股「讀經」活動，且在華人社會產生極大影響。中國大陸已有數百萬兒童積極參與傳統經典的學習，在香港據說也有一百萬；而新加坡、韓國、美國、加拿大、澳洲等地的華人社會，也受到這種風潮的影響。「讀經」的基本原理，是要掌握孩童可塑性最高的學習階段，將《三字經》、《千字文》、《弟子規》等童蒙書，與《論語》、《孟子》、《大學》、《中庸》、《易經》、《詩經》、《老子》、《莊子》，乃至唐宋詩詞等廣義「經典」，給予講解及指導，並要求背誦，以達到識字、人格教育、生活教育、文化教育、文言文閱讀等多元目標。透過經典教育的內容，學子可從經典中摸索到安身立命的途徑，領悟到克己復禮的工夫，學習到待人接物的方法，以作為日後齊家、治國、平天下之準備。所以「經典教育」從實用的層面來說，可以兼具「立己」與「立人」的作用。

至於為何要在幼年讀經，明末理學家陸世儀曾說：「凡人有記性，有悟性。自十五歲以前，物慾未染，知識未開，多記性，少悟性。十五歲後，知識既開，物慾既染，則多悟性，少記性。故凡所當讀書，皆當自十五歲前，使之熟讀。」

這種說法與現代學說頗為相近。因為人的智力發展，記憶力與領悟力是相反的：年幼時記憶力較佳；年紀較大時，雖然領悟力會增進，但是記憶力則相對減弱。因此，舊時的啟蒙教育方式是以背誦為主，所謂「讀書百遍，其義自見」。等到年齒漸長，見識較多，生活經驗與所學經典自然會相互印證，進而會對經典內容有更深一層的理解。

傳統的經典既然能經歷時代考驗而不被淘汰，必有其可貴之處。若能根據現代社會的需要，將經典的義理去蕪存菁，以作為年輕學子的人生指引，必然會產生深遠的影響。現代社會的特色，優點是生活便利，交通發達，資訊傳播迅速；缺點則是功利抬頭，科技掛帥，人際關係疏離。功利主義之盛行，使得人性的自私與軟弱表露無遺；而科技發展之結果，也使人慢慢成為科技的奴隸，科技與人性之間無法作合理的掌握與調適。從教育方面說，中學因配合升學考試而強調分組，大學教育又以傳授專門學識為主，使得學子器識失衡，人文素養普遍低落。若論其成長背景，則受通俗文化的影響大於傳統文化，對外國文化的瞭解也許超過本國文化，同輩團體的價值觀念更勝過父母師長的耳提面命。

一般年輕人的通病是：自命不凡而眼高手低，不耐吃苦而好高騖遠，寬以恕己而嚴於責人。因此，如何讓新一代能夠具備傳統讀書人的氣節與器度，在日新月異、瞬息千里的社會變遷之中，認清自我之特質與價值，確實掌握時空的運轉，以發揮個人生命最大的空間，並且能關懷群體、造福社會，是當前文化工作當務之急。個人認為：如果能將傳統經典教育的菁華結合現代社會的發展，而賦予新的時代意義，以引導學子認識傳統文化，培養平正通達的人生觀與守常知變的處事能力，進而能夠適應社會變遷，開拓個人生命境界，並體認個人生命與群體生命、宇宙生命共為一體的意義；這對於現代社會的發展而言，必有提振推動之功效。

沛榮數十年來從事經學研究，從傳統經典中得到許多重要啟發，深知童蒙教育及經典教育的重要性，並且瞭解經典教育必須循序漸進；故趁著本書重排並局部修訂之機會，提出與大家分享。敬祈大雅君子，不吝賜教。

黃沛榮　謹識

序

三民書局二十多年來，一直在進行古籍注譯的工作，對於學術的通俗化貢獻良多；兩年前陸續選書注譯的時候，曾徵詢筆者的意見，由於我的兩個小孩都還在唸小學，而我覺得《三字經》是一部很適合孩童誦讀的啟蒙書，但是卻常因為選不到一本注釋詳細、觀點正確的讀本而苦惱，因此我便挑選了《三字經》作為注譯的對象，希望藉著此書的出版，讓所有的小朋友——包括我自己的小孩在內，能夠有一本觀點比較正確、而且深入淺出的課外讀物。

《三字經》是宋代以來最通行的童蒙教材，由於代有增補，所以版本不一，今日坊間的《三字經》，大多是根據近人章炳麟的重編本加以注釋，內容雖然較多，但章氏所增訂的，未必盡如人意，所以本書採用現存最古的版本作為底本，而用其他版本來參校，並將章氏重編本附錄於後。坊本注解，大多陳陳相因，原書錯誤或有問題的地方，往往一筆帶過；本書則是學術性與通俗性並重，不但每句正文都經過多種版本審慎的校訂，解釋更是字斟句酌，務求詳盡，凡有典故的地方，都在注釋或說明中交代，同時附有白話翻譯，學童若能逐句對看，當可培養閱讀古書的能力。此外，並於必要處附有插圖，以補充說明，幫助瞭解。

本書的另一特點，在於每句要旨的剖析。筆者認為閱讀《三字經》，不僅要能吸收其中的知識，更重要的是，要幫助孩童建立正確的人生觀，瞭解待人接物的方法。因此本書在每句之後，都附有「說明」一項，對該句的內涵作更深入的發揮，而對於許多因為古今時空不同而必須修正的觀念，也都一一詳細的交代或闡發，相信對於孩童人格的養成，會有很大的啟示和引導。

本書的編寫與出版，得到三民書局董事長劉振強先生全力的支持，謹在此致謝。疏漏的地方，希望各界博雅不吝賜教。

黃沛榮
民國八十一年一月於
國立臺灣大學中文系

新譯三字經　目次

導　讀

——獻給孩童的父母

壹、古代童蒙書的概況

我國的童蒙教育，自古即已存在，但由於一般人多把它視為小道，有關的資料，非但官書不予典藏；學者也很少蒐集，所以大多已經散佚，現在蒐集起來已經不太容易。根據近人的研究，古今的童蒙書，可以考知的大約還有一百多種❶，其中由於時代、地區的不同，啟蒙的方式與目標自然也頗有差別。按照性質內容來看，大致可分為四類：

❶ 見胡懷琛《蒙書考》。

第一類，是偏重讀書識字方面的。《禮記・學記》說：

古之教者，家有塾，黨有庠，術有序，國有學。比年入學，中年考校。一年視離經辨志，三年視敬業樂群，五年視博習親師，七年視論學取友，謂之小成；九年知類通達，強立而不反，謂之大成。

「離經」是指句讀的功夫。孩童在入學時要先學「離經」，是因為古書沒有標點，所以讀書除了識字以外，必須先懂得斷句，才能瞭解篇中的意旨。此外，《漢書・藝文志》說：

古者八歲入小學，故《周官》保氏掌養國子，教之六書。

則是從教「六書」入手。這裡所說的「六書」，一般都以為是指文字的結構，但也有人認為是指不同的書體。在〈漢志〉小學家中，共著錄了古代的字書四十五種，如《史籀篇》、《蒼頡篇》等。其中《史籀》十五篇，是周宣王時的太史籀所作。根據近人羅振玉的推斷，此書是「取當世用字編纂章句，以便誦習」

的❷，而字體即是所謂的「籀文」。至於《蒼頡篇》，漢初頗為流行，共分二十章，其中《倉頡》七章，為李斯所作；《爰歷》六章，為趙高所作；《博學》七章，為胡母敬所作。這些都是以教導孩童讀書識字為目的的一類。

第二類，是偏重於人格教育方面的。在《管子》中有〈弟子職〉一篇，說明弟子應盡的責任，全文以四字韻語為主。內容則以教導孩童修養品德為目的。後代的所謂《太公家教》、《武王家教》等，都屬於這一類。

第三類，是偏重於知識教育的，如《千字文》、《百家姓》、《名物蒙求》、《幼學故事瓊林》等，內容都是以教導兒童常識、典故和生活倫理為主。

第四類，是著重文學素養的訓練，如《千家詩》、《唐詩三百首》、《書言故事》、《日記故事》等都是。

當然，這些童蒙書的教育目標未必是單一的，有時一部書可以兼具數種功能，像《三字經》就能兼具識字、傳授知識、教育人格及培養語文能力等功能。因此它流傳最廣，影響也最大。

❷ 見所著《殷商貞卜文字考》。

貳、三字經的內容與價值

《三字經》是一部多功能的啟蒙書。由於版本的不同，篇幅有長短之別。若以本書的正文為準，共有三五六句，一〇六八字；淘汰重複的字以後，共使用五一二個不同的字，幾乎都是常用字。換言之，孩童讀完《三字經》，便可認識這五百多個基本的字了。所以，它當然具有最基本的識字功能。

其次，《三字經》自「人之初，性本善」起，至「弟於長，宜先知」止，都是教導孩童如何修養品德的；從「讀史者，考實錄」起，至「戒之哉，宜勉力」止，則列舉歷史上苦讀成功的人物，並借犬、雞、蠶、蜂等動物為喻，以激勵孩童勤奮向學，這都是有關人格教育方面的培養。

自「首孝悌，次見聞。知某數，識某文」起，至「十七史，全在茲」止，則是灌輸孩童一些基本常識，廣及天文、地理、生物、倫常、典籍、歷史等方面。

此外，與大多數的童蒙書一樣，《三字經》的編者希望學童容易成誦，因此採取三字一句、兩句一韻，近乎兒歌的形式來編排，頗便於兒童背誦。所以誦讀《三字經》，無形中附帶讓孩童接受押韻、對仗等語文訓練，非但可以對傳統文化能有概括的認識，也可學習一些淺近文言或押韻規律，為日後的語文學習打下良好的基礎。

總之，若拿今日國民小學的課程來比較，《三字經》可以涵蓋國語、自然、社會（包括歷史及國學常識）等科目，以及生活教育，數百年來，它能成為我國流傳最廣的訓蒙書，實在是不難理解的。

叁、三字經的作者

有關《三字經》的作者，有三種不同的說法。第一種——也是最普遍的說法，是宋人王應麟所作。如夏之翰〈小學紺珠序〉說：

> 迨年十七，始知其作自先生（按：指王應麟），因取文熟復焉，而嘆其要而該也。

佚名〈三字經注解備要序〉說：

> 宋儒王伯厚先生《三字經》一出，海內誨子弟之發蒙者，咸恭若球刀。

其次，又有認為《三字經》是宋末區適子所作的。這種說法，在眾多異說中較為可信。屈大均《廣東新語．一一》說：

> 童蒙所誦《三字經》，乃宋末區適子所撰。適子順德登州人，字正叔，入元抗節不仕。

凌揚藻《蠡勺編》也說：

> 今童蒙所誦《三字經》，則南海區適子正叔撰，中亦多押韻語。康熙間，有琅邪王相字晉升號訒菴者，從而箋釋之，謂是宋儒王伯厚所作。以伯厚

著述最富，中有《蒙訓》七十五卷，《小學諷詠》四卷，遂億度而歸之爾！其實區撰無疑也。

此外，也有人以為是黎貞所作。如清人邵晉涵詩有「讀得黎貞三字訓」一句，自注：「《三字經》，南海黎貞撰。」但是沒有舉出佐證。這三種說法，現在已很難確定其是非了。綜觀反對此書為王應麟所作的，主要的論證有二：一、《三字經》中，記有宋亡以後的事，所以不應出自宋人之手。二、《三字經》中有「魏蜀吳」一語，以「魏」為正統，與王氏的觀念不合。但是這兩種推論都很有問題，現在分別略予討論。

以為《三字經》記有宋亡以後的事，應作成於王氏之後的，如王廷蘭《紫薇花館集》說：

《三字經》者，國朝喬松年《蘿藦亭札記》稱有王相者為之注，謂是王伯厚所作。然其云「十八傳，南北混」，恐尚在伯厚之後。

按：一般總以為王應麟是南宋人，不應該說出宋代「十八傳，南北混」的話。實則王應麟生於宋寧宗嘉定十六年(西元一二二三年)，卒於元成宗元貞二年(西元一二九六年)，上距南宋之亡（西元一二七九年）已有十八年之久，所以用王應麟不能及見南宋覆亡為理由，來推證此書不是他所作，絕對是不當的。其次，胡鳴玉《訂訛類編》說：

應麟《困學紀聞》尊蜀抑魏，不當於此文又云：「魏蜀吳，爭漢鼎。」按此則非應麟所撰。

胡氏認為王應麟既「尊蜀抑魏」，則對三國之排名順序，斷不會將魏置於首位，所以此書應非王氏所作。按：《三字經》中「魏蜀吳」句，見於光緒三十年至善社版《三字經注解備要》、《三字經句釋全集》、《三字經故實》、民國十四年上海宏大善書局版《三字經註解備要》本及《增補三字經全文》本，都作「蜀魏吳」，可見由於此書經過歷代的增補改編，已難考定其原本面目，因此若據後世的版本來妄加論斷，顯然十分不妥。我們再據王應麟所作的《小學紺珠》來判斷，此書是一本訓蒙的知識手冊，將各種文史知識分類編成，其中卷六「三國名臣二十人」條，依次列出「魏九人」、「蜀四人」、「吳七人」，也是以「魏」、「蜀」、「吳」為次第。因此，前人用來推斷此書不是王氏所作的兩個論證，都很難成立。

其實，若拿王氏《小學紺珠》一書，與《三字經》比較，便可知道二書的編者是否同是一人。以下試舉出五個證據：

	三字經	小學紺珠
六穀	稻、粱、菽、麥、黍、稷	稌、黍、稷、粱、麥、苽
六經	《詩》、《書》、《易》、《禮記》、《周禮》、《春秋》	1.《詩》、《書》、《樂》、《易》、《禮》、《春秋》 2.《易》、《書》、《詩》、《禮》、《樂》、《春秋》
十義	包括「朋」、「友」在內	1.父慈、子孝、兄良、弟弟、夫義、婦聽、長惠、幼順、君仁、臣忠 2.君令、臣共、父慈、子孝、兄愛、弟敬、夫和、妻柔、姑慈、婦聽

三王	指三代的聖王：夏禹、商湯、周文王、武王	夏禹、商湯、周文王
十七史	包括宋代歷史	不包括宋代歷史（《史記》、《漢書》、《後漢書》、《三國志》、《晉書》、《宋書》、《南齊書》、《梁書》、《陳書》、《後魏書》、《北齊書》、《後周書》、《隋書》、《南史》、《北史》、《唐書》、《五代史》）

二書的觀念既有如此差異，則《三字經》應該不是王氏所作。大概因為王氏學識通博，又著有《蒙訓》七十卷、《小學紺珠》十卷、《補注急就篇》六卷、《小學諷詠》四卷等童蒙書籍，對童蒙教育頗為注重，所以後人便將《三字經》也歸入他的名下罷了。至於此書是否為區適子或黎貞所撰，則由於文獻難徵，無法確定。不過，由於此書作者已及見南宋覆亡，但不及元代史事；大概是出於宋代遺民之手；另據翟灝《通俗編・七・三字經》條，《三字經》有明人梁應升作圖，聊城傅光宅作序，趙南星作注；明神宗為太子時，也曾讀過此書，所以此書著成於宋末元初，大概不會有疑問。至於有些版本所敘述的歷史已涉及元、

明、清三朝，甚至民國以來的史事，當然是後人陸續加添進去的，這些編纂者的姓名，已經不能考知。現在坊間流傳的版本，大多是近人章炳麟民國十七年的重訂本。

肆、三字經的源流

用三字韻語教導小孩，自古已有先例。凌揚藻《蠡勺編》說：

〈曲禮〉：「依毋撥，足毋蹶。將上堂，聲必揚。將入戶，視必下。」等押韻處，朱子謂是古人初教小兒語。是《三字經》之所從來遠矣。❸

但由於一般既認定《三字經》是王應麟所作，所以很少有人會再去探討此書的

❸ 今本《禮記・曲禮》：「〈曲禮〉曰：『毋不敬，儼若思，安定辭，安民哉。』」所引的是古〈曲禮〉。這四句的句式都是三字，而且叶韻，所以利用三字韻語來教育後進，當非始於今本《禮記・曲禮》。

源流問題。但我們若用歷史的眼光加以觀察，就會發現在南宋中葉已經有類似《三字經》的啟蒙書出現。《四庫全書．集部》收有陳淳的《北溪大全集》一書，其中卷十六有《啟蒙初誦》一篇，序文說：

予得子，今三歲，近略學語，將以教之而無其書，因集《易》、《書》、《詩》、《禮》、《語》、《孟》、《孝經》中明白切要四字句，協之以韻，名曰《訓童雅言》，凡七十八章，一千二百四十八字。又以其初未能長語也，則以三字先之，名曰《啟蒙初誦》，凡一十九章，二百二十八字，蓋聖學始終，大略見於此矣，恐或可以先立標的。而同志有願為庭訓之助者，亦所不隱也。……慶元己未七月五日餘學齋書。

作者陳淳，字安卿，號北溪，是朱熹的門生，生於南宋高宗紹興二十三年（西元一一五三年），卒於寧宗嘉定十年（西元一二一七年），六十五歲；生平事跡見於《宋史．四三〇．道學傳》、《宋史新編．一六二．道宗傳》、《宋元學案．六八．北溪學案》等。「慶元己未」是南宋寧宗慶元五年（西元一一九九年），

《三字經》的作者既云宋代「十八傳，南北混」，可知他已及見南宋的覆亡（西元一二七九年），年代必在陳淳之後，換言之，《三字經》的著成也必在《啟蒙初誦》之後。然而最使人感興趣的是：《啟蒙初誦》及《三字經》非但都是三字一句，而且內容、字句也頗有雷同，試舉首二十句為例：

天地性，人為貴。無不善，萬物備。仁義實，禮智端。聖與我，心同然。性相近，道不遠。君子儒，必自反。學為己，明人倫。君臣義，父子親。夫婦別，男女正。長幼序，朋友信。

其中「天地性，人為貴。無不善」，即是「人之初，性本善」；而「性相近」、「君臣義」、「長幼序」等句，更是一字不易。這種現象絕不能視為巧合。筆者認為：《三字經》顯然是受了《啟蒙初誦》的影響，甚至是由《啟蒙初誦》的啟發而寫成的。陳淳編撰《啟蒙初誦》的目的，原本只是要教導自己的小孩，但是他也明白地表示：「同志有願為庭訓之助者，亦所不隱」，所以此書當時也許廣為流傳；後來《三字經》的作者也許覺得《啟蒙初誦》僅有二百二十八字，內容太少，範圍過狹，所以沿用三字一句的形式，而重新編撰，內容則廣包天文、地理、生物、倫常、典籍、歷史等方面。由於二書撰寫年代相距六、七十年以上，所以在時間上來說，這種推論是絕對可能的。

伍、三字經的影響

由於《三字經》的流行，所以後人著成了許多注解《三字經》的書；又由於三字韻語的形式便於背誦，於是後人又陸續編撰成許多《三字經》式的作品。茲就所知，將年代較早的著作彙列於下：

一、三字經的注解本或改編本

《三字經注》，趙南星，收入《味檗齋遺書》

《三字經訓詁》，王相，徐氏三種本（民國八十年北京中國書店有影印本）

《三字經故實》，王琪，稿本，有道光十二年序（下文簡稱《故實》本）

《三字經注解備要》，賀興思，同治十年刊本❹（下文簡稱《備要》本）
《三字經注圖》，尚兆魚，南京李光明莊刊本
《三字經集注音疏》，光緒三年劉氏校經堂刊本
《三字經句釋全集》，廣州醉經書局本（下文簡稱《句釋》本）
《增補注釋三字經》，連恆，道光二十二年刊本
《增補三字經全文》，苑芳刊本（下文簡稱《增補》本）
《增訂啟蒙三字經》，許印芳，收入《雲南叢書》
《廣三字經》，蕉軒氏，光緒七年廣仁堂刊本
《重訂三字經》，章炳麟，雙流黃氏濟忠堂刊本、成都茹古書局本

二、仿效三字經而作的各類訓蒙書

《三字鑒》，余懋勛著，陳超元注，同治九年刊本
《女三字經》，朱浩文，東聽雨堂刊本

❹ 此書流傳甚廣，有多種不同翻印本。

《訓女三字文》，賀瑞麟，見《西京清麓叢書外編》

《三字孝經》，蘭湖漁夫，南京寶文書局

《新編三字經》，黃周星，清刊本

《地理三字經》，程思樂，刊年不詳，有乾隆六十年序

《繪圖增注歷史三字經》，北京文成堂石印本

《西學三字經》，光緒二十七年印本

《時務三字經》，江翰，光緒二十八年刊本

《增續淺說時務三字經》，任恩綬，光緒三十一年醉六堂石印本

《太平天國三字經》，據《太平天國野史》引

《時勢三字經》，民國三十四年鹿港信昌社排印

《臺灣三字經》，王石鵬，收入臺灣銀行《臺灣史料叢刊》

《中華國民必讀三字經》，汪翰編，黃朝傳注，民國三十四年臺北聯發興業公司

《精神教育三字經》，張淑子，民國二十四年嘉義蘭記圖書部

《光復新編臺灣三字經》，廖啟章，民國三十四年臺南五原公司出版部

《天方三字經》，劉智，同治九年鎮江清真寺刊本

《蒙漢三字經》，崧岩富俊譯，道光十二年刊本

《滿漢三字經》，陶格敬譯，北京三槐堂刊本

我們從上列第一類書目中，知道就連章炳麟這樣的大學者，也要花費時間來增訂《三字經》，可見古人對它的重視；從第二類中，我們也可明顯地看到：仿效《三字經》而作成的同類著作，其範圍已遍及歷史、地理、時務、西學、女訓、精神教育等，影響所及，甚至出版「蒙」、「漢」或「滿」、「漢」的對照本，可知此書影響之大，同時也可以證明三字韻語的方式，極易上口，因此才會廣受大眾的歡迎。

陸、讀三字經必須注意的事

《三字經》在過去的童蒙教育上雖然扮演了重要的地位，可是今日國民教

育如此普遍，《三字經》是否仍有存在的價值呢？答案是肯定的。不過由於時代變遷，孩童學習《三字經》的態度也必須稍作調整：第一要注意時代或意識型態的差異，其次對於《三字經》中的一些缺失，也應適度的加以訂正。

有關時代或意識型態上的差異，最明顯的莫如「君」、「臣」的觀念，例如篇中「君臣義」、「君則敬，臣則忠」、「上致君，下澤民」等，隨著民國的建立，這種倫理關係早已不復存在，可是我們又不願擅改古人的作品，而且這還牽涉到「五倫」等觀念，也不是改動一、二字就能解決的，所以必須在解釋時將觀念稍作調整。比方說，古人所謂「忠君愛國」，就是我們所說的「效忠政府，熱愛國家」；再如古人有重男輕女的觀念，女子受教育的機會很少，在文學上有成就的，比起男子來實在少太多，所以《三字經》中才會有「彼女子，且聰敏；爾男子，當自警」的話，可是在步入二十一世紀的今天，男女接受教育和選擇工作的權利都已均等，所以此處必須加以說明，讓孩童們知道一個人智慧的高低、學問的好壞、成就的大小，是與性別無關的。這種觀念不論對男孩或女孩來說，都是一種重要的教育。

至於《三字經》本身存在的一些缺失，我們也應該在注釋或說明中加以糾正，畢竟世間難得有十全十美的事物，《三字經》也不能例外。像上文提到的「十義」、「六經」和「十七史」的算法都有些問題，又如「若梁灝，八十二，對大廷，魁多士」四句，以梁灝八十二中狀元為例，勉勵孩童求學讀書永不嫌晚，其立意雖善，與事實卻有出入。因為根據考證的結果，梁灝中狀元時只有二十三歲。但是這些都是小毛病，透過適當的注解和說明，就可以讓孩童明白。假如我們因為這些問題的存在，就批評《三字經》是「落伍」的、或是「誤導兒童」的，那真是因噎而廢食、食古而不能化了。

也許有人會說：未來是科學的世紀，人類都已經登陸月球了，還要孩童背誦什麼是「五常」、「九族」、「三傳」、「八音」，是否與時代脫節？這種說法也是一種偏見。因為縱使時代在變，但是基本的生活常識與歷史上的朝代、人物都不會改變，而且中華民族傳統文化與倫理道德更是歷久彌新、永垂不朽。同時正因為時代進步、科學昌明，身為父母的我們，大可不必擔心我們的下一代不會英文、不懂電腦，就只怕他們的文化素養不夠，精神生活空虛，甚或數典忘祖，連「曾祖父」和自己是什麼關係都不知道，連「堂哥」與「表哥」都分不清楚，拿起筆來，連寫封像樣的信都不會。這一切一切的人文素養，是來自社會環境的潛移默化以及從小到大適當的教育，而《三字經》正是一本合適而可用的課外讀物。當然，您還得選擇正確而淺近的注解，才能引起孩童們的興趣，以達到最佳的教育效果，而這正是本書撰寫的目標！

【三字經全文】

（括弧內數字為正文頁次）

人之初，性本善。性相近，習相遠。（一三）

苟不教，性乃遷。教之道，貴以專。（一四）

昔孟母，擇鄰處。子不學，斷機杼。（一五）

竇燕山，有義方，教五子，名俱揚。（一七）

養不教，父之過；教不嚴，師之惰。（一九）

子不學，非所宜。幼不學，老何為？（二〇）

玉不琢，不成器；人不學，不知義。(二一)

為人子，方少時，親師友，習禮儀。(二三)

香九齡，能溫席。孝於親，所當執。(二四)

融四歲，能讓梨。弟於長，宜先知。(二五)

首孝弟，次見聞。知某數，識某文。(二七)

一而十，十而百，百而千，千而萬。(二八)

三才者，天地人；三光者，日月星。(二九)

三綱者，君臣義，父子親，夫婦順。(三一)

曰春夏，曰秋冬，此四時，運不窮。(三三)

曰南北，曰西東，此四方，應乎中。(三四)

曰水火，木金土，此五行，本乎數。(三五)

曰仁義，禮智信，此五常，不容紊。(三七)

稻粱菽，麥黍稷，此六穀，人所食。(三九)

馬牛羊，雞犬豕，此六畜，人所飼。(四一)

曰喜怒，曰哀懼，愛惡欲，七情具。(四二)

匏土革，木石金，與絲竹，乃八音。(四四)

高曾祖，父而身，身而子，子而孫。

自子孫，至玄曾，乃九族，人之倫。(四七)

父子恩，夫婦從；兄則友，弟則恭；

長幼序，友與朋；君則敬，臣則忠。

此十義，人所同。（四九）

凡訓蒙，須講究。詳訓詁，明句讀。（五二）

為學者，必有初。小學終，至四書。（五四）

論語者，二十篇，群弟子，記善言。（五六）

孟子者，七篇止，講道德，說仁義。（五八）

作中庸，子思筆，中不偏，庸不易。（五九）

作大學，乃曾子，自修齊，至平治。（六一）

孝經通，四書熟，如六經，始可讀。（六三）

詩書易，禮春秋，號六經，當講求。（六五）

有連山，有歸藏，有周易，三易詳。（六七）

有典謨，有訓誥，有誓命，書之奧。（六九）

我周公，作周禮，著六官，存治體。（七一）

大小戴，註禮記，述聖言，禮樂備。（七三）

曰國風，曰雅頌，號四詩，當諷詠。（七五）

詩既亡，春秋作，寓褒貶，別善惡。（七七）

三傳者，有公羊，有左氏，有穀梁。（七八）

經既明，方讀子。撮其要，記其事。（八一）

五子者，有荀揚，文中子，及老莊。（八二）

經子通，讀諸史。考世系，知終始。（八五）

自羲農，至黃帝，號三皇，居上世。（八七）

唐有虞，號二帝，相揖遜，稱盛世。（八九）

夏有禹，商有湯，周文武，稱三王。（九一）

夏傳子，家天下，四百載，遷夏社。（九三）

湯伐夏，國號商，六百載，至紂亡。（九五）

周武王，始誅紂，八百載，最長久。（九六）

周轍東，王綱墜。逞干戈，尚游說。（九八）

始春秋，終戰國，五霸彊，七雄出。（一〇〇）

嬴秦氏，始兼併，傳二世，楚漢爭。（一〇四）

高祖興，漢業建，至孝平，王莽篡。（一〇七）

光武興，為東漢。四百年，終於獻。（一〇九）

蜀魏吳，分漢鼎，號三國，迄兩晉。（一一一）

宋齊繼，梁陳承，為南朝，都金陵。（一一四）

北元魏，分東西，宇文周，與高齊。（一一七）

迨至隋，一土宇，不再傳，失統緒。（一二〇）

唐高祖，起義師，除隋亂，創國基。（一二二）

二十傳，三百載，梁滅之，國乃改。（一二五）

梁唐晉，及漢周，稱五代，皆有由。（一二七）

炎宋興，受周禪，十八傳，南北混。（一二九）

十七史，全在茲，載治亂，知興衰。（一三三）

讀史者，考實錄，通古今，若親目。（一三五）

口而誦，心而惟，朝於斯，夕於斯。（一三六）

昔仲尼，師項橐，古聖賢，尚勤學。（一三八）

趙中令，讀魯論，彼既仕，學且勤。（一四〇）

披蒲編，削竹簡，彼無書，且知勉。（一四二）

頭懸梁，錐刺股，彼不教，自勤苦。（一四四）

如囊螢，如映雪，家雖貧，學不輟。（一四六）

如負薪，如掛角，身雖勞，猶苦卓。（一四七）

蘇老泉，二十七，始發憤，讀書籍。（一四九）

彼既老，猶悔遲；爾小生，宜早思。（一五〇）

若梁灝，八十二，對大廷，魁多士。（一五二）

彼既成，眾稱異；爾小生，宜立志。（一五四）

瑩八歲，能詠詩；泌七歲，能賦碁。（一五五）

彼穎悟，人稱奇；爾幼學，當效之。（一五七）

蔡文姬，能辨琴；謝道韞，能詠吟。（一五九）

彼女子，且聰敏；爾男子，當自警。（一六一）

唐劉晏，方七歲，舉神童，作正字。（一六二）

彼雖幼，身已仕；爾幼學，勉而致。（一六四）

有為者，亦若是。（一六五）

犬守夜，雞司晨；苟不學，曷為人？（一六六）

蠶吐絲，蜂釀蜜；人不學，不如物。（一六七）

幼而學，壯而行。上致君，下澤民。（一六九）

揚名聲，顯父母。光於前，裕於後。（一七一）

人遺子，金滿籯；我教子，惟一經。（一七三）

勤有功，戲無益。戒之哉，宜勉力。（一七四）

人之初❶，性本善❷。性相近，習相遠❸。

【注　釋】

❶初　始；初生。

❷性本善　性，本性；天性。善，良；善良。

❸習相遠　習，學習。相遠，指產生了差別。

【語　譯】

人在初生的時候，本性都是善良的。這善良的天性原本都差不多，但是由於後天的學習環境不同，就逐漸產生了差別。

【說　明】

首先指出人性本善，長大後之所以有善惡之分，完全是受了後天環境和教育的影響。

孟子主張人性本善，他說：「惻隱之心，仁之端也；羞惡之心，義之端也；辭讓之心，禮之端也；是非之心，智之端也。人之有是四端也，猶其有四體也。」（見《孟子．公孫丑上》）所謂「端」，就是「根芽」。人初生時，既有仁義禮智四種善端，所以天性都是良善的，由於受到不同環境的薰陶，才會有善惡之別。孔子曾經說過：「性相近也，習相遠也。」（見《論語．陽貨》）本書作者根據孔、孟的學說，闡明人性的本質以及後天的變化，再由此肯定教育的重要性。

苟不教❶，性乃遷❷。教之道❸，貴以專❹。

【注釋】

❶苟不教　苟，如果；假使。教，訓誨；引導。

❷性乃遷　乃，就；就會。遷，改變。

❸道　方法；原則。
❹貴以專　貴，注重。專，專心一致。

【語譯】

孩童如果不加以教導，長大以後，善良的本性就會變壞。而教導的方法，最重要的是要專心一致。

【說明】

受教育可以使人保持並發揚善良的本性，但是教導孩童最重要的原則，是能專心一致，而且要持之以恆。

昔孟母❶，擇鄰處❷。子不學，斷機杼❸。

ㄒㄧˊ ㄇㄥˋ ㄇㄨˇ，ㄗㄜˊ ㄌㄧㄣˊ ㄔㄨˇ。ㄗˇ ㄅㄨˋ ㄒㄩㄝˊ，ㄉㄨㄢˋ ㄐㄧ ㄓㄨˋ。

【注 釋】

❶昔孟母 昔，從前；古時。孟母，指戰國人孟軻的母親仉（ㄓㄤˇ）氏。

❷擇鄰處 擇，挑選。鄰，附近的人家或環境。處，留止；居住。孟母遷居事，見劉向《列女傳‧鄒孟軻母》。

❸機杼 機，織布機。杼，織布用的梭子。這裡借指所織的布。事見《韓詩外傳‧九》及《列女傳》。

【語 譯】

從前孟子的母親為了教好兒子，選擇良好的環境居住。兒子不肯用功向學，就割斷所織的布來訓勉他。

【說 明】

以孟母仉氏為了教育兒子而不惜屢次遷居為例，說明環境與教育的關係，以及父母教育子女的苦心。根據《列女傳》記載，孟家原先住在墓園附近，孟子常常仿效別人築墓為戲，於是孟母遷居到市場附近，孟子又整天學人做買賣，於是孟母又遷到學校旁邊，孟子這才跟著別人學習揖讓進退的禮節。《列女傳》又記載孟子小時候常常逃學玩耍，有一次回到家中，孟母很生氣，當場用刀把所織的布割斷，對孟子說：「你要是不肯用功，半途而廢，就如同被割斷的布一樣，變成無用之物了。」從此，孟子就知道努力向學，終於成為一代大儒，被後人尊為亞聖。

竇燕山❶，有義方❷，教五子❸，名俱揚❹。

（ㄉㄡˋ ㄧㄢ ㄕㄢ，ㄧㄡˇ ㄧˋ ㄈㄤ，ㄐㄧㄠˋ ㄨˇ ㄗˇ，ㄇㄧㄥˊ ㄐㄩˋ ㄧㄤˊ）

【注釋】

❶竇燕山　即竇禹鈞，五代時薊（ㄐㄧˋ）州漁陽（今河北薊縣）人。因為薊州有燕山，所以用「竇燕山」作為竇氏的代稱。

❷義方　合乎正義的道理。《左傳・隱公三年》：「臣聞愛子，教之以義方，弗納於邪。」

❸五子　竇氏有五個兒子，名叫儀、儼、侃、偁、僖。

❹揚　顯。

【語　譯】

五代時竇禹鈞這個人，待人處事都秉持合於正義的道理，因此他教導出來的五個兒子，個個都聲名顯赫。

【說　明】

以竇禹鈞的故事，配合上句分別說明父、母都有教導子女的責任，而父、母的教導對子女來說也都同等重要。根據《宋史・竇儀傳》記載，竇氏五子相繼登科，聲望都很高，時號「竇氏五龍」。所以當時馮道有〈贈竇十〉詩：「燕山竇十郎，教子有義方。靈椿一株老，丹桂五枝芳。」（見《全唐詩・七三七》）

養❶不教，父之過；教不嚴❷，師之惰❸。

【注　釋】

❶養　養育。這裡指物質方面的供應。

❷不嚴　過於寬容；不夠嚴格。

❸惰　疏懶；怠惰。

【語　譯】

倘若做父親的，只是養育子女而不加管教，那就是他的過錯；如果課業方面的指導不夠嚴格，那便是做老師的怠惰失職了。

【說　明】

此四句說明家庭與學校同是孩童主要的學習場所，父母與老師對孩童都有管教的責任，因此家庭教育與學校教育同等重要。

前二句單說「父之過」而不提「母」，是因為古代是個父權社會，一切都以男性為主。可是事實上，古代女性的職責是「相夫」、「教子」，當然也有管教孩童的責任，若從現代來說，母親對兒女的成長，影響更是無比深遠。

子❶不學，非所宜❷。幼不學，老何為❸？

【注釋】

❶子　小孩；兒童。

❷宜　應該。

❸老何為　老，指年齒漸長。為，作為。

【語譯】

孩童不肯勤學，是不應該的。因為幼小的時候不學，等到年紀大了，還能有什麼作為呢？

【說明】

「子不學」以下八句說明人要用心學習，力求上進，才能成為一個有用的人。品學的好壞對人一生的前途影響甚大，所以孩童要把握光陰，努力學習，否則將會一事無成。樂府〈長歌行〉：「百川東到海，何時復西歸？少壯不努力，老大徒傷悲。」（見《樂府詩集．三〇》）即是此意。

玉不琢❶，不成器❷；人不學，不知義❸。

【注釋】

❶琢 雕刻和磨光。

❷器 器具；器物。

❸義 道理。

【語 譯】

玉石如果不經過雕磨，不能成為有用的器物；人如果不努力學習，就不能知曉做人處事的道理。

【說 明】

以玉器製造時必須經過雕刻及打磨作比喻，說明人必須透過學習才能明白事理，成為有用之才。「不知義」，《句釋》本作「不知理」。此四句語本《禮記・學記》：「玉不琢，不成器；人不學，不知道。」作「義」、作「理」，都是為了叶韻的緣故。

為人子，方少時❶，親師友❷，習禮儀❸。

【注釋】

❶方少時　方，當。少時，年紀小的時候。

❷親師友　親，親近。師友，師長和朋友。

❸習禮儀　習，學習。禮儀，禮節、法度。

【語譯】

做人子女的，在年幼的時候，就應該去親近良師、結交益友，跟他們學習應對進退的禮節法度。

【說明】

此四句說明學習的途徑很多，我們可以跟隨老師學習，也可以和朋友切磋，以學習進退應對的禮節；但最重要的，是必須把握機會，及早學習，否則一旦養成惡習，要改正也就事倍功半了。

古代有關進退應對方面的禮節，在《禮記・曲禮》中略有記載，其中有些雖與時代脫節，但大體上仍有參考的價值。

香九齡❶，能溫席❷。孝於親，所當執❸。

【注釋】

❶香九齡　香，指黃香，東漢江夏安陸（今湖北安陸）人。九齡，九歲。香九歲喪母，事父至孝，鄉里稱為孝子。見《後漢書・文苑傳・黃香》。

❷溫席　溫，暖。席，同「蓆」。睡覺時供鋪墊的草織物。此處泛指寢席和被褥。

❸當執　當，應該。執，謹守。

【語譯】

黃香九歲的時候，就懂得在冬天的夜晚，自己先把席被睡暖，再請父親去睡。因為孝順父母，是做人子女所應該謹守的本分。

【說明】

元時郭居敬編輯的《二十四孝》中的「扇枕溫衾」，就是指黃香的故事。扇枕，是指夏天天氣燠熱，他就先用扇子把父親所睡的枕頭席子扇涼。衾，被褥。作者在敘說各種德行時，首先以黃香的故事為例，說明人子當盡孝道，是因為「百行孝為先」的緣故。「所當執」，《句釋》本作「所當識」，是由於後人覺得「席」、「執」二字不能叶韻而改用「識」字。

融(ㄖㄨㄥˊ)❶四(ㄙˋ)歲(ㄙㄨㄟˋ)，能(ㄋㄥˊ)讓(ㄖㄤˋ)梨(ㄌㄧˊ)。弟(ㄊㄧˋ)於(ㄩˊ)長(ㄓㄤˇ)❷，宜(ㄧˊ)先(ㄒㄧㄢ)知(ㄓ)。

【注釋】

❶融　指孔融（西元一五三～二〇八年）。孔融字文舉，東漢末豫州魯國（今山東曲阜）人。少有才，善文章，曾任北海郡的相，時人稱為孔北海。與王粲等文學家合稱為建安七子。

❷弟於長　弟，同「悌」。敬愛兄長。長，指兄長。

【語譯】

孔融四歲的時候，就知道讓大的梨子給兄長們吃，自己拿小梨子。因為敬愛兄長，是做弟妹的從小就該先要懂得的道理。

【說明】

此四句承接上文，以孔融的故事說明「悌」的道理。根據《後漢書・孔融傳・注》引〈融家傳〉說：孔融兄弟共有七人，融排行第六。在他四歲大的時候，每當和哥哥們一起吃梨子，他一定拿小的來吃。大人問他原因，他回答說：我是小弟弟，理應吃小的。從此宗族親友們都對他另眼相看。

首(ㄕㄡˇ)孝(ㄒㄧㄠˋ)弟(ㄊㄧˋ)❶，次(ㄘˋ)見(ㄐㄧㄢˋ)聞(ㄨㄣˊ)❷。知(ㄓ)某(ㄇㄡˇ)數(ㄕㄨˋ)❸，識(ㄕˋ)某(ㄇㄡˇ)文(ㄨㄣˊ)❹。

【注　釋】

❶首孝弟　首，首先。孝弟，孝順父母，敬愛兄長。

❷見聞　指知識、學識。

❸數　數目。這裡指基本的算術。

❹文　文字。

【語　譯】

一個人首先要學習的是孝順父母、敬愛兄長，其次才是知識學問。比如學會一點基本算術，認得一些基本文字。

【說明】

此四句說明學習的次第，是先品德而後學識。這種觀念深受孔子影響，孔子曾說：「弟子入則孝，出則弟，謹而信，汎愛眾而親仁。行有餘力，則以學文。」（見《論語・學而》）

一而十，十而百，百而千，千而萬。

【語譯】

一是數目的開始，十個一是十，十個十是一百，十個百是一千，十個千就是一萬。

【說 明】

此四句說明十進法是數學最基本的法則。一是數目的開始；十個一則為十，是兩位數的開始；十個十則為百，是三位數的開始；十個百則為千，是四位數的開始；十個千則為萬，是五位數的開始。以此類推，以至於十萬、百萬、千萬、萬萬（億）、十億、百億、千億、萬億（兆）……。

三才❶者，天地人；三光❷者，日月星。

【注 釋】

❶三才　才的本義是「草木初生」，引申有「基本」的意思。三才是泛指構成生命現象及生命意義的三種基本因素。

❷三光　天空中三種有光的物體。

【語譯】

三種構成生命現象及意義的基本因素，是天、地和人類；天上三種有光的物體，就是太陽、月亮和星星。

【說明】

此四句說明三才、三光的意義。以下依照三、四、五、六、七、八、九、十的次序，說明各種常識。

三才中的天、地、人，「天」指萬物賴以生存的整個空間環境，包括日月星辰，晝夜寒暑，風雨明晦等；「地」指萬物藉以生長的地理條件和各種物產；「人」則是萬物中最進步、最具靈性的一類。這三種基本要素必須互相配合，才能產生人類的文明，所以稱為三才。

三光之中，日即太陽，是地球主要的光源。月即月亮，它本身不會發光，我們看到的月光，是它所反射的日光。星，指除了太陽、月亮以外的其他星球，包括恆星、行星等。

三綱❶者，君臣義❷，父子親，夫婦順❸。

【注釋】

❶綱　本義是網上的粗繩，引申指事物的要領。此處指綱常。

❷義　宜。指各盡其應有的義務。

❸順　和順。

【語譯】

人際間三種最重要的倫常關係，就是君主和臣子要各盡職守，父母與子女要相親相愛，夫妻之間要和順相處。

【說 明】

此四句說明三綱是人際間三種最重要的倫常關係。《白虎通義・三綱六紀》：「三綱者，何謂也？謂君臣、父子、夫婦也。」《易・序卦傳》：「有夫婦然後有父子，有父子然後有君臣。」是說男女相結合，組織家庭，才產生夫婦的關係；夫婦生育出下一代，才產生父子的關係；由於許多家庭的組合，成為社會、國家，才產生君臣的關係。所以夫婦、父子、君臣三者都是人際關係中最重要的環節。「君臣義」，「君」本指君主，但是在古代社會中，天子、諸侯、大夫等凡是有土有民的，都可稱「君」，所以古人所說的君臣關係，在現代社會中，相當於政府與民眾、長官與部屬的關係。政府要重視民意，人民要信任政府；做長官的要體恤下屬，做部屬的要盡忠職守，這就是雙方應有的態度。又，「君臣義」《句釋》本作「君臣也」，「也」字蓋由「義」字俗體（义）形近致誤。

曰❶春夏，曰秋冬，此四時❷，運不窮❸。

【注釋】

❶曰　稱為；叫做。

❷四時　四季。

❸運不窮　運，運轉。窮，窮盡；停止。

【語譯】

稱為春、夏，叫做秋、冬。這四季，循環運轉，永不止息。

【說明】

此四句說明「四時」（四季）的涵義。

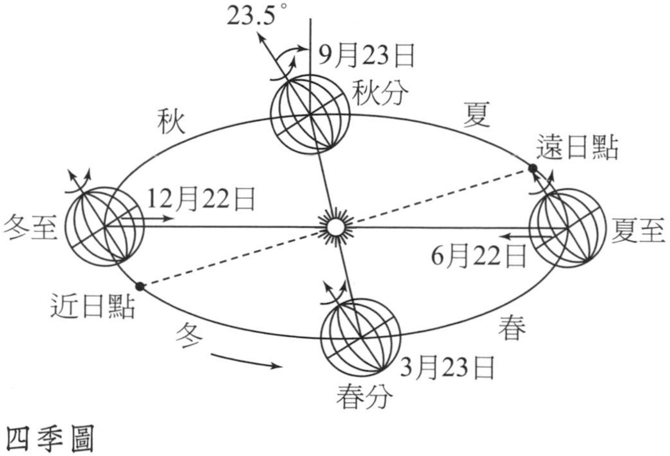

四季圖

四季的次序，從農曆正月到三月，稱為春季；從四月到六月，稱為夏季；從七月到九月，稱為秋季；從十月到十二月，稱為冬季。四季的特色，是春生、夏長、秋肅、冬殺，而四季的變化，是周而復始，永不止息。

曰南北，曰西東，此四方，應乎中❶。

【注釋】

❶應乎中　應，對應。乎，於。中，中央。

【語譯】

稱為南、北，叫做西、東，這四個方向，都以中央為準，兩相對應。

【說明】

此四句說明「四方」的涵義和彼此間的關係。《禮記・內則》記載古人教育兒童的次第，說：「六年，教之數與方名。」用意相同。

我們說到四方，一般都用東南西北或東西南北的順序，本句因為遷就叶韻，才說成了南北西東。

曰(ㄩㄝ)水(ㄕㄨㄟˇ)火(ㄏㄨㄛˇ)，木(ㄇㄨˋ)金(ㄐㄧㄣ)❶土(ㄊㄨˇ)，此(ㄘˇ)五(ㄨˇ)行(ㄒㄧㄥˊ)❷，本(ㄅㄣˇ)乎(ㄏㄨ)數(ㄕㄨˋ)❸。

【注釋】

❶金　指金屬。

❷五行　五種構成萬物的基本物質或狀態。

❸數　指天地的生數與成數。

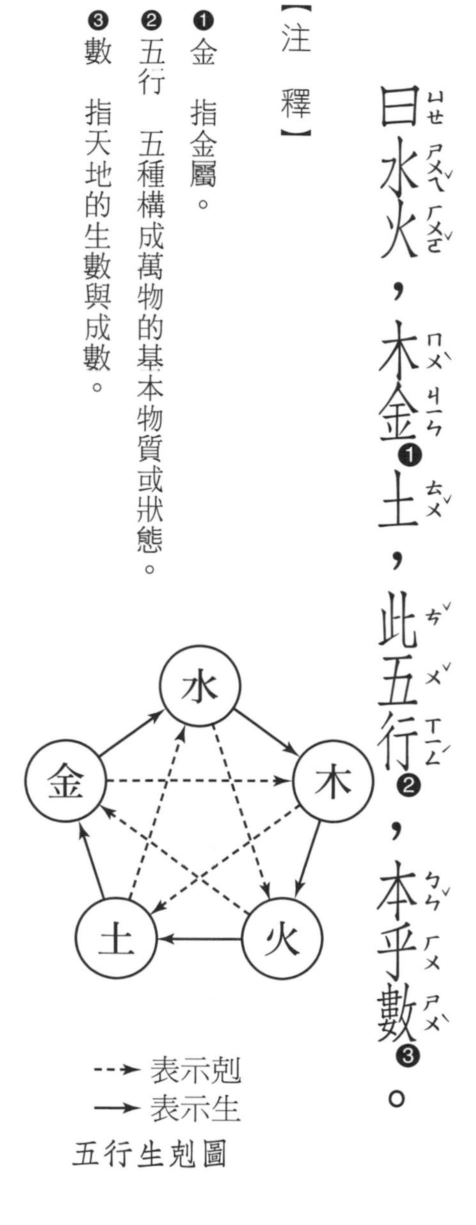

五行生剋圖

【語譯】

水、火、木、金、土，這五種構成萬物的基本物質或狀態，稱為五行，是由天地之數所生成的。

【說明】

此四句說明「五行」的涵義以及彼此間的關係。

古人以為五行的次序，是木、火、土、金、水，它們之間的關係，是「比（ㄅㄧˋ）相生，間（ㄐㄧㄢˋ）相勝」。所謂「比相生」，是指相鄰二者有「生」的關係：木生火（鑽木可以取火，木柴可以燃燒），火生土（木柴燃燒後會產生灰燼），土生金（金屬都從土中開採），金生水（金屬熔化可成液態），水生木（植物得到水的滋潤，才能生長）；所謂「間相勝」，指相隔的兩種有「尅」的關係：木勝土（植物的根可以穿透泥土），土勝水（堆土可以防止水災），水勝火（水可滅火），火勝金（火可以熔化金屬），金勝木（刀斧可以砍樹木）。此外，古人又拿五行配五方：東方屬木，南方屬火，中央屬土，西方屬金，北方屬水，次序也都相同。本書作「曰水火，木金土」，則是根據《尚書・洪範》：「五行：一曰水，二曰火，三曰木，四曰金，五曰土。」而孔穎達《正義》說：「《易・繫辭》曰：『天一地二，天三地四，天五地六，天七地八，天九地十。』此即是五行生成之數。天一生水，地二生火，天三生木，地四生金，天五生土，此其生數也；如此則陽無匹、陰無耦。故地六成水，天七成火，地八成木，天九成金，地十成土，於是陰陽各有匹偶而物得成焉，故謂之成數也。」本書作者採用了這種說法，所以說：「此五行，本乎數。」

曰仁義❶，禮智信❷，此五常❸，不容紊❹。

【注釋】

❶仁義　仁是愛人利物的胸懷；義是公正合宜的舉動。
❷禮智信　禮是合理得體的行為；智是慎思明辨的能力；信是誠實不欺的態度。
❸常　指永恆不變的常道。
❹不容紊　不可以紊亂。容，容許；可以。紊，亂；紊亂。

【語　譯】

愛人利物叫做仁，公正合宜叫做義，合理得體叫做禮，慎思明辨叫做智，誠實守諾叫做信。這五種永恆不變的常道，是不可以紊亂的。

【說　明】

此四句說明仁、義、禮、智、信是人格修養中五種最重要的常道。「常」字兼有「基本」和「固定」之義，換言之，它不受時、空的限制，凡要在社會中生存，與別人相交往，都必須具備此五種修養，因此古人稱之為「五常」。《禮記・大學》說：「身脩而后家齊，家齊而后國治，國治而后天下平。」如果每個人都能具備這些修養：以仁立心，以義處世，以禮待人，以智任事，以信交友，自然會家庭幸福，社會安定，天下也就太平了。

稻粱菽❶，麥黍稷❷，此六穀❸，人所食。

【注 釋】

❶稻粱菽 稻，稻米，分為稉（ㄍㄥ）稻、秈（ㄒㄧㄢ）稻及糯（ㄋㄨㄛˋ）稻三大類。粱，即粟、小米。菽，即大豆、黃豆。

❷麥黍稷 麥的種類甚多，以小麥、大麥為主。黍和稷同類而異種，有黏性的叫黍，無黏性的叫稷。

❸穀 凡所結的實可以作為糧食的植物，通稱為穀。

【語 譯】

六穀圖

稻、粱、菽、麥、黍、稷，這六種穀物，是人類所食用的。

【說明】

此四句說明「六穀」的涵義以及用途。

我國自古以農立國，但由於幅員廣大，各地的氣候不同，所以適合栽種的穀類作物，也頗有差異。其中最重要的作物，有稻、粱、菽、麥、黍、稷六種，合稱六穀。菽，《句釋》本作「菰」（解作「菰米」），當是形近致誤。

馬(ㄇㄚˇ)牛(ㄋㄧㄡˊ)羊(ㄧㄤˊ)，雞(ㄐㄧ)犬(ㄑㄩㄢˇ)豕(ㄕˇ)❶，此(ㄘˇ)六(ㄌㄧㄡˋ)畜(ㄔㄨˋ)❷，人(ㄖㄣˊ)所(ㄙㄨㄛˇ)飼(ㄙˋ)❸。

【注釋】

❶犬豕　犬即狗。豕即豬。

❷畜　家畜。

❸飼　餵養。

【語譯】

馬、牛、羊、雞、狗、豬，這六種家畜，是人類所飼養的。

【說明】

此四句介紹六種最重要的家畜。馬可以拉車或供騎乘；牛可耕種及供食用，皮、角等也都有用處；羊的肉可食，毛、皮可製衣裘；雞司晨並供食用；犬守夜並可助獵；豬則除供食用外，鬃毛、皮等也各有用途，都對人類有很大的貢獻。

曰(ㄩㄝ)喜(ㄒㄧˇ)怒(ㄋㄨˋ)❶，曰(ㄩㄝ)哀(ㄞ)懼(ㄐㄩˋ)❷，愛(ㄞˋ)惡(ㄨˋ)欲(ㄩˋ)❸，七(ㄑㄧ)情(ㄑㄧㄥˊ)具(ㄐㄩˋ)❹。

【注 釋】

❶喜怒 高興和憤怒。

❷哀懼 哀傷和恐懼。

❸愛惡欲 喜愛、厭惡和慾念。

❹七情具 七情，人類的七種基本情緒。具，具備。

【語 譯】

高興、生氣、悲傷、恐懼、喜愛、厭惡和慾念，這七種基本情緒，是人類所共有的。

【說 明】

此四句說明人類天生的七種情緒或感情。《禮記・禮運》：「何謂人情？喜、怒、哀、懼、愛、惡、欲，七者弗學而能。」「七情具」，《句釋》本作「乃七情」，不能叶韻，當以諸本為正。

匏土革❶，木石金❷，與絲竹❸，乃八音。

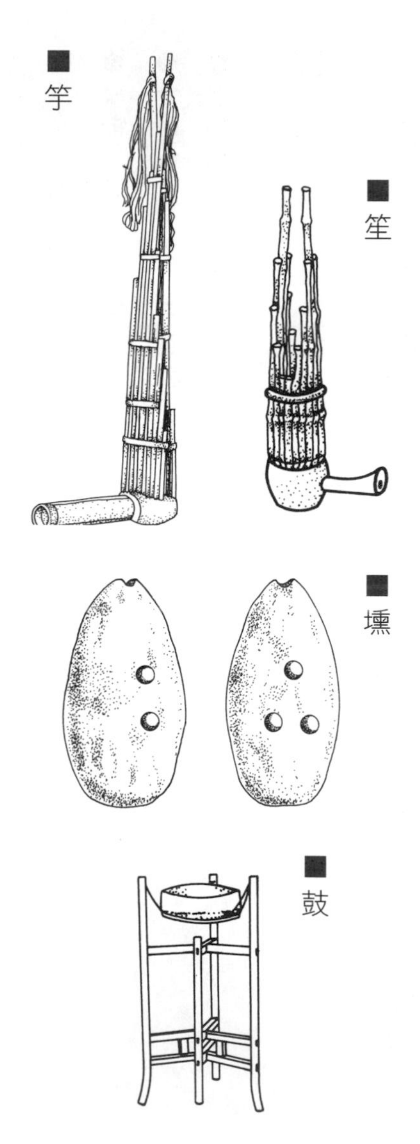

八音圖：匏土革

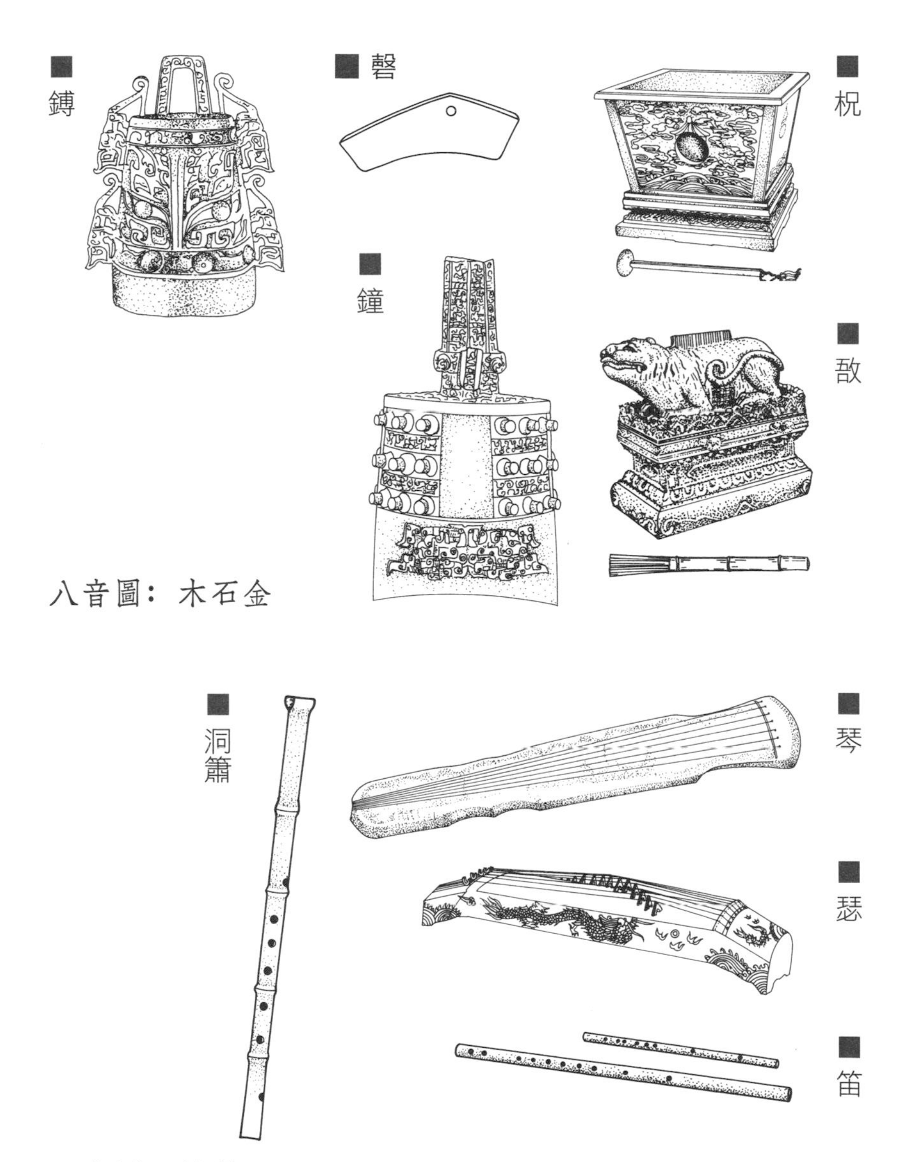

八音圖：木石金

八音圖：絲竹

【注　釋】

❶匏土革　匏，匏瓜。指用匏瓜製成的樂器，如笙、竽（ㄩˊ）。土，黏土。指用黏土燒製的樂器，如壎（ㄒㄩㄣ）、缶。革，皮革。指利用皮革發聲的樂器，如鼓、鞀（ㄊㄠˊ）。

❷木石金　木，木頭。指用木頭製成的樂器，如柷（ㄓㄨˋ）、敔（ㄩˇ）。石，玉片或石片。指用石玉製成的樂器，如石磬（ㄑㄧㄥˋ）。金，金屬。指用金屬製成的樂器，如鐘、鎛（ㄅㄛˊ）。

❸絲竹　絲，絲絃。指利用絲絃發聲的樂器，如琴、瑟。竹，竹管。指利用竹管發聲的樂器，如簫、笛。

【語　譯】

匏瓜、黏土、皮革、木頭、石片、金屬、絲絃、竹管，這八種質材都可用來製成樂器。

【說　明】

此四句說明八種可供製造樂器的質材。由於質材不同，造出來的樂器音質都不相同，稱為八音。「與絲竹」，《備要》本作「絲與竹」。

高曾祖❶，父而身❷，身而子，子而孫❸。

自子孫，至玄曾❹，乃九族❺，人之倫❻。

【注釋】

❶高曾祖　指高祖父（祖父的祖父）、曾祖父（父親的祖父，也即祖父的父親）和祖父（父親的父親）。

❷身　指自身、自己。

❸子而孫　子，兒女。孫，兒女的兒女。

❹玄曾　指曾孫（兒子的孫子；即孫子的兒子）和玄孫（孫子的孫子）。

❺九族　指高祖父、曾祖父、祖父、父、自己、子、孫、曾孫、玄孫九代直系血親。

❻倫　指家族中親疏遠近的倫常關係。

【語　譯】

從高祖父、曾祖父、祖父、父親、自身，到兒女、孫子、曾孫、玄孫，是九代親族，這是人在家族中的倫常關係。

【說　明】

此八句說明九代直系血親的輩分關係。「至玄曾」，按照輩分，本來該說「至曾玄」，由於叶韻之故，才倒文作「至玄曾」。《句釋》本作「至曾玄」，當是後人按照輩分的次序所改。《故實》本、《備要》本、《增補》本「玄」字並作「元」，則是清朝人避康熙皇帝的名諱（玄曄）而改的。

我們中國人最重視倫理親情，所以特別講究輩分以及各種親屬關係。有關這方面的文獻，最早的是《爾雅・釋親》，而最詳細的則是清人梁章鉅的《稱謂錄》，此書分為三十二卷，其中一至八卷敘述各種親屬間的稱謂，內容十分豐富。這種重視倫理親情的民族性，與社會結構、文化底蘊有密不可分的關係。比起西方人將伯父、叔父、舅舅、姑丈、姨丈一律都稱為uncle，我們中華文化就顯得深厚多了。

父子恩❶，夫婦從❷；兄則友❸，弟則恭❹；

長幼序❺，友與朋❻；君則敬❼，臣則忠❽。

此十義❾，人所同❿。

【注釋】

❶恩　親愛。
❷從　順從；互相遷就。
❸友　兄敬愛弟。
❹恭　恭敬。
❺序　依次第排列。
❻友與朋　友，志趣相投的人。朋，同門共學的人。
❼敬　尊重。指尊重臣屬。
❽忠　竭盡心力做事。指盡忠職守。
❾十義　十種不同分位的人所應遵守的行為規範。
❿同　指共同遵守。

【語　譯】

父子間要親愛，夫婦間要和順；兄要敬愛弟，弟要恭敬兄；朋友和同學要長幼有序；做君上的要尊重臣下，做臣子的要盡忠職守。這十種大義，是人人都要遵從的。

【說明】

此十句說明何謂「十義」。

我們每個人在社會中的身分，會依對象的不同而改變，舉例來說：一個男人，在家庭中他是子，同時可以是兄，也可以是弟；結婚生子後，對於妻子來說，他是夫；對於子女來說，他是父；在工作上，他可以是下屬，也可以是主管；在家族、學校、社會中，年輕時，他是幼；年紀大了，他是長。所謂「十義」，就是說明在社會結構中不同的分位所應有的行為規範。

「十義」之說，見於《禮記．禮運》：「何謂人情？喜、怒、哀、懼、愛、惡、欲，七者弗學而能。何謂人義？父慈、子孝、兄良、弟弟、夫義、婦聽、長惠、幼順、君仁、臣忠，十者謂之人義。……故聖人之所以治人七情，脩十義，講信脩睦，尚辭讓，去爭奪，舍禮何以治之！」但是本書所舉，共有「父」、「子」、「夫」、「婦」、「兄」、「弟」、「長」、「幼」、「友」、「朋」、「君」、「臣」十二種分位，除了涵蓋《禮記》的「十義」外，尚包括《孟子》中「五倫」的觀念。《孟子・滕文公上》講到人倫的關係時，說：「父子有親，君臣有義，夫婦有別，長幼有序，朋友有信。」所以本書的「十義」，實則融合了《禮記》與《孟子》兩種體系的倫常關係。如此一來，也就產生了矛盾。《句釋》本根據《禮記》之說把「長幼序，友與朋」改為「長則惠，幼則順」，刪去「友」、「朋」二者，正是因為這種矛盾無法解決的緣故。

由於本文「十義」包含了十二種分位，而作者又未說明「友與朋」該如何相處，我們推敲作者原意，大概是將「長幼序，友與朋」讀成一句，指「友與朋要按年齡依次禮讓」，按照語意，當作「友與朋，長幼序」，為了叶韻，才把二句倒裝過來。

凡訓蒙[1]，須講究[2]。詳訓詁[3]，明句讀[4]。

ㄈㄢˊ ㄒㄩㄣˋ ㄇㄥˊ，ㄒㄩ ㄐㄧㄤˇ ㄐㄧㄡˋ。ㄒㄧㄤˊ ㄒㄩㄣˋ ㄍㄨˇ，ㄇㄧㄥˊ ㄐㄩˋ ㄉㄡˋ。

【注釋】

❶訓蒙　訓，教導。蒙，假借為矇。指幼童。《說文》：「矇，童蒙也。……一曰不明也。」孩童未受啟迪，年幼無知，所以稱為蒙。

❷講究　探究其中的道理。指注重教學方法。

❸訓詁　解釋字義。

❹句讀　古時文章中沒有標點符號，讀書時，文句中停頓的地方，語氣已完的稱「句」，未完的稱「讀」，分別用圈、點來標記。

【語譯】

凡是教導孩童，必須特別注意教學的方針與方法。仔細解釋字義，明示斷句技巧。

【說明】

此四句說明教育童蒙應有的態度及途徑。教導童蒙，必須謹慎從事，因為自幼基礎若不穩固，他日讀書，必致事倍功半；而訓蒙工作的重點，在於訓詁及句讀兩方面。《禮記・學記》：「古之教者，……一年視離經辨志。」「離經」正是指句讀的功夫。

為❶學者，必有初❷。小學終❸，至四書❹。

【注 釋】

❶為 修治。

❷初 開始，引申為基礎、根柢的意思。

❸小學終 小學，指上文所說的見聞、知數、識文及訓詁、句讀的功夫。《漢書・食貨志上》：「八歲入小學，學六甲五方書計之事。」終，完成；結束。

❹四書 指《大學》、《中庸》、《論語》、《孟子》。《大學》、《中庸》原都是《禮記》的一

篇，南宋時，朱熹把它們與《論》、《孟》配合，稱為《四書》，並作集注。

【語　譯】

治學的人，必須具備良好的基礎。先把基本的常識和語文基礎學好了，再去研讀《四書》。

【說　明】

此四句說明「小學」是孩童入門求學的奠基功夫，而《四書》是孩童入門後首先必讀的書。

《四書》是聖賢智慧的結晶，內容包括修身、齊家、治國的道理，對於孩童的養成教育，有很大的助益，所以古人把《四書》視為立德求學的重要階梯。「小學終」，《句釋》本作「由孝經」，大概是後人據下文「孝經通，四書熟，如六經，始可讀」一語而改，目的是使上下文能夠呼應。

論語❶者，二十篇❷，群弟子❸，記善言❹。

【注　釋】

❶論語　書名。是孔門後學所編有關孔子及孔子弟子言行的書。論是論纂，語指言談。

❷二十篇　現在流傳的《論語》，是三國魏何晏《集解》本，二十篇。篇名是：〈學而〉、〈為政〉、〈八佾（ㄧˋ）〉、〈里仁〉、〈公治長〉、〈雍也〉、〈述而〉、〈泰伯〉、〈子罕〉、〈鄉黨〉、〈先進〉、〈顏淵〉、〈子路〉、〈憲問〉、〈衛靈公〉、〈季氏〉、〈陽貨〉、〈微子〉、〈子張〉、〈堯曰〉。

❸群弟子　群，眾多。弟子，學生。

❹善言　嘉言；有意義的話語。

【語　譯】

《論語》一書共有二十篇，是孔門弟子將孔子和孔子弟子平日所說的嘉言輯錄而成的。

【說 明】

此四句說明《論語》的篇數及編撰者。

《論語》在漢代有《魯論》、《齊論》、《古論》三種傳本。前二種是用「今文」(漢人對當時通行的文字的稱呼,指隸書)寫的,後者是用「古文」(漢人稱戰國時六國所用的文字)寫的。今、古文《論語》非但字體上有不同,篇章、字句等也頗有出入。《魯論》是魯國通行的本子,二十篇;《齊論》比《魯論》多〈問王〉、〈知道〉兩篇,共二十二篇;《古論》則是漢景帝時在孔子故居牆壁中所發現,此本分〈堯曰〉篇「子張問」節為一篇,所以有二十一篇。這三種本子,後來歷經漢張禹、鄭玄及魏何晏諸家刪訂,才成為今日的傳本。

《論語》一書,是孔子弟子及再傳弟子所編纂,內容包括四類:一、孔子對弟子們的訓誨。二、孔子與弟子的對話或孔子對弟子言行的評論。三、孔子弟子的言論，像〈子張〉篇中所記子張、子夏、子游、曾子、子貢的話語。四、記載孔子的生活和習慣，主要見於〈鄉黨〉篇。所以本句「群弟子，記善言」不過是舉其大要而已。

孟子❶者，七篇止❷，講道德❸，說仁義❹。

【注釋】

❶孟子　書名。是孟軻弟子萬章、公孫丑等記錄孟軻言行的書。自宋代開始，被列為十三經之一。見《玉海．四三．藝文》「宋朝石經」條。

❷七篇止　是說《孟子》只有七篇。七篇是〈梁惠王〉、〈公孫丑〉、〈滕（ㄊㄥˊ）文公〉、〈離婁（ㄌㄡˊ）〉、〈萬章〉、〈告子〉、〈盡心〉。止，終了。

❸道德　指待人處事的基本原則與行為規範。

❹仁義　見前「曰仁義」句注。

【語 譯】

《孟子》這部書只有七篇，內容是講論道德，談說仁義。

【說 明】

此四句說明《孟子》的篇數及思想重點。

戰國時代，王道不存，民風日薄，所以孟子提倡仁義，來導正時弊，可惜他的學說不能投合時君的心意，於是他退而著書立說，發揚孔子的思想，傳下了《孟子》七篇。

作ㄗㄨㄛˋ中ㄓㄨㄥ庸ㄩㄥ❶，子ㄗˇ思ㄙ筆ㄅㄧˇ❷，中ㄓㄨㄥ不ㄅㄨˋ偏ㄆㄧㄢ，庸ㄩㄥ不ㄅㄨˋ易ㄧˋ❸。

【注 釋】

❶中庸　《禮記》篇名。相傳是孔子的孫子孔伋（子思）所作。

❷子思筆　子思，孔子的孫子，即孔鯉的兒子，名伋，子思是他的字。受業於曾子門下。後世尊為述聖。筆，手筆。

❸中不偏二句　中是不偏的態度，庸是不變的意思。偏，歪；不正。易，更動；變動。

【語　譯】

寫作《中庸》的，是子思的手筆，中是不偏的態度，庸是不變的意思。

【說　明】

此四句說明《中庸》的作者與思想重心。「子思筆」，《增補》本、《句釋》本作「乃孔伋」，意義相同。

「子思作《中庸》」的說法，最早見於《史記・孔子世家》，後人也多予採信；但是《中庸》裡有「今天下車同軌，書同文，行同倫」的語句，分明是秦始皇統一天下以後的情況；而從篇中「仲尼祖述堯舜」的話，也可證明它不是子思所作，因為子思是孔子的孫子，絕不會如此直呼祖父的名諱。所以近代學者認為：《中庸》大概是秦漢間的儒者所作。

「中庸」二字，是儒家最高的行為標準。《論語．雍也》：「子曰：中庸之為德也，其至矣夫！民鮮久矣！」「中」是恰到好處，無過無不及之意；「庸」是常，指天道人事的常理。本書「中不偏，庸不易」二語，是採取北宋程頤對「中庸」的解釋（見朱熹《中庸章句》）。無過無不及，就是「不偏」；不悖道妄行，就是「不易」。所以我們無論待人處事，都應循順天道之常，而且要不偏不倚，恰到好處。

作(ㄗㄨㄛˋ)大(ㄉㄚˋ)學(ㄒㄩㄝˊ)❶，乃(ㄋㄞˇ)曾(ㄗㄥ)子(ㄗˇ)❷，自(ㄗˋ)修(ㄒㄧㄡ)齊(ㄑㄧˊ)❸，至(ㄓˋ)平(ㄆㄧㄥˊ)治(ㄓˋ)❹。

【注釋】

❶大學　《禮記》篇名。相傳是孔子學生曾參（ㄕㄣ）所作。
❷乃曾子　乃，是；就是。曾子，孔子弟子，名參，字子輿，南武城（故城在今山東費縣西南九十里）人，比孔子小四十六歲，事親至孝，傳孔子之學。後世尊為宗聖。
❸修齊　修身、齊家的簡稱。
❹平治　治國、平天下的簡稱。本當為「治平」，因叶韻而改為「平治」。

【語　譯】

寫作《大學》的人是曾子，書中說的是從修身、齊家到治國、平天下的道理。

【說　明】

此四句說明《大學》的作者與思想重心。

《大學》的作者是誰，漢、唐學者，都很少論及，到南宋朱熹作《四書集注》，才在《大學》首章之後說：「右經一章，蓋孔子之言，而曾子述之；其傳十章，則曾子之意，而門人記之。」這只是臆度之說，毫無佐證；退一步說，朱熹也只認為《大學》首章（即所謂「經」）大概是曾子所作，其餘十章（即所謂「傳」）則出於曾子弟子之手，所以本書「作大學，乃曾子」一句，在語氣上顯然過於武斷。

《大學》中，有所謂「三綱領」和「八條目」。三綱領是「明明德」、「親民」、「止於至善」；八條目是「格物」、「致知」、「誠意」、「正心」、「修身」、「齊家」、「治國」、「平天下」。本書僅是舉其大要，說一個人立身處世，最重要的，是先在修養方面下功夫，有了好的修養，才有能力管理家庭；家庭上了軌道，才能夠把國家治理好，進而實現平天下的理想。

孝經❶通，四書熟，如六經❷，始❸可讀。

【注釋】

❶孝經　書名。記載孔子和曾子有關孝道的對話，並說明聖王以孝道治天下的道理。今通行本是唐玄宗（李隆基）注。
❷如六經　如，像。六經，六種經書。此處指《易》、《書》、《詩》、《周禮》、《禮記》、《春秋》。
❸始　方；方才。

【語　譯】

《孝經》都通曉了，再把《四書》讀熟，然後才可以讀像六經那些比較專門而深奧的書。

【說　明】

此四句說明讀古書須按照《孝經》、《四書》、六經的次序，由淺入深。作者在上文說「小學終，至四書」，這裡又說「孝經通，四書熟」，前後似不能配合。實則《漢書・藝文志》「孝經家」中除了《孝經》以外，還包括《爾雅》、《小爾雅》、《古今字》、《弟子職》等書，這些正屬後人所謂「小學」的範疇。所以本句「孝經」二字，應從廣義去瞭解。

「六經」一詞，最早見於《莊子．天運》，指的是《詩》、《書》、《禮》、《樂》、《易》、《春秋》。後來《樂經》失傳，到漢代時，只有五經而已；換言之，自漢以後，不應再有「六經」之實。但是從下文看來，此處的「六經」，是指《易》、《書》、《詩》、《周禮》、《禮記》、《春秋》六種經書，與一般習慣用法不同。

詩書易❶，禮春秋❷，號❸六經，當講求❹。

【注釋】

❶詩書易　《詩》，也稱《詩經》，是我國最早的詩歌總集。共三百零五篇，分為國風、小雅、大雅、頌四類。《書》，也稱《尚書》、《書經》，是記錄古代帝王的訓誥和史事的書。《易》，也稱《周易》、《易經》，是用陰陽消長變易的觀念來說明人事吉凶的書，古

人用它來占卜。

❷禮春秋 《禮》，這裡兼指《周禮》及《禮記》二書。《周禮》本名《周官》，相傳是周公所作，記載古代官制。《禮記》，指《小戴禮記》，輯錄古人討論禮樂、制度的篇章而成。《春秋》，孔子根據魯國史書編成，也稱《春秋經》。

❸號 稱為。

❹講求 探討；研究。

【語　譯】

《詩經》、《尚書》、《周易》、《周禮》、《禮記》和《春秋》，稱為六經，是應當研究探討的。

【說　明】

此四句說明「六經」的名義。

「號六經」，《故實》本作「號五經」，大概是後人見「詩書易，禮春秋」二句中分明只有五種經書，所以根據文義改訂。但是我們從上文「如六經」三字及下文分論各書的內容來考察，作者心目中實在是以《詩》、《書》、《易》、《禮記》、《周禮》、《春秋》為六經，所以第二句的「禮」字，應兼指《周禮》及《禮記》二書，這樣一來，「號六經」三字也就可以理解了。

有連山❶，有歸藏❷，有周易❸，三易詳❹。

【注釋】

❶連山　書名。相傳是伏羲氏所作，一說是夏代的筮書。此書以艮卦為首，艮象徵山，所以名為《連山》。

❷歸藏　書名。相傳是黃帝所作，一說是商代的筮書。此書以坤卦為首，坤象徵地，地是萬物歸藏的所在，所以稱為《歸藏》。

❸周易　書名。周代的筮書，以乾卦為首。相傳文王作卦辭，周公作爻辭，所以稱為《周

易》。

❹三易詳　易，古代筮書的通稱。三易指《連山》、《歸藏》、《周易》三種筮書。見《周禮·春官·太卜》。詳，完備；齊備。

【語　譯】

古代的筮書，有《連山》、《歸藏》及《周易》，這三本筮書配合來讀，內容就很齊備了。

【說　明】

此四句說明「三易」的名義。

先秦時代占卜的書，原有多種，不過除了《周易》以外，餘都早已失傳了。現在所看到的《連山》、《歸藏》，都是後人偽作的。

《周易》一書，分為六十四卦（ㄍㄨㄚˋ），每卦各有六爻（ㄧㄠˊ），它的卦畫與卦爻辭雖然原屬筮書性質，卻不盡是迷信的東西。《四庫全書總目提要·經部・易類》說：「《易》之為書，推天道以明人事者也。」也就是說，古人將他們對於天道的瞭解（如晝夜、寒暑相反而相成之類），運用到人事的變化上面，所以它其實是古人的智慧與經驗的結晶，但是由於此書採用「卦」、「爻」的特殊方式編成，哲理不易顯現，所以在一般人心目中，它只是「筮書」而已。自從「十翼」（指〈彖〉、〈象〉、〈繫辭〉、〈文言〉、〈說卦〉、〈序卦〉、〈雜卦〉等《易傳》）附入經文以後，才慢慢變成義理的書，到《漢書・藝文志》把《易》譽為五經之原，《周易》便逐漸被視為涵蓋天地間萬事萬物的寶典了。

有(ㄧㄡˇ)典(ㄉㄧㄢˇ)謨(ㄇㄛˊ)❶，有(ㄧㄡˇ)訓(ㄒㄩㄣˋ)誥(ㄍㄠˋ)❷，有(ㄧㄡˇ)誓(ㄕˋ)命(ㄇㄧㄥˋ)❸，書(ㄕㄨ)之(ㄓ)奧(ㄠˋ)❹。

【注釋】

❶典謨　典，記載帝王事跡的文獻，如〈堯典〉。謨，記述君臣間商議的言辭，如〈皋陶謨〉。

❷訓誥　訓，教誨的言辭，如〈伊訓〉。誥，告誡或慰勉的文書，如〈康誥〉。

❸誓命　誓，宣誓的言辭，如〈甘誓〉。命，君王的詔令，如〈顧命〉。

❹奧　精深。

【語　譯】

有帝王事跡的紀錄、有君臣間的對話，有教誨的言語、有告誡的文書，有宣誓的言辭、有帝王的詔令，這些史料都是《尚書》精深的地方。

【說　明】

此四句說明《尚書》的內容特色。

《書》，又稱《尚書》或《書經》，今傳五十八篇。以時代來說，分為「虞書」（五篇）、「夏書」（四篇）、「商書」（十七篇）、「周書」（三十二篇）；以內容來說，可分為典、謨、訓、誥、誓、命六類（見孔安國《尚書・序》）；若以來源來說，則包括《今文尚書》三十三篇（即伏生所傳的二十九篇）及《古文尚書》（晉人所偽作）二十五篇。

由於年代久遠，《尚書》的文辭大都艱澀難讀，唐人韓愈就曾說過：「周〈誥〉殷〈盤〉，佶（ㄐㄧˊ）屈聱（ㄠˊ）牙。」（見〈進學解〉）可以作為「奧」字的注腳。但是由於它文義精深，辭句簡鍊，反而顯得典雅高古，所以後代朝廷上的重要文獻，也多模仿《尚書》的體裁。

我周公❶，作周禮❷，著六官❸，存治體❹。

【注釋】

❶周公　姓姬名旦，周文王的兒子，武王的弟弟，成王的叔父，輔助成王，奠定周朝立國的規模。

❷周禮　書名。記載古代政府各部門的職官制度。

❸著六官　著，設立。六官，指官職中的六大部門，分別是：一、天官冢（ㄓㄨㄥˇ）宰，

總管國務、百官及宮廷內政。二、地官司徒，掌管民政教育。三、春官宗伯，掌管禮樂制度。四、夏官司馬，掌管軍政軍令。五、秋官司寇，掌管法律刑獄。六、冬官司空，掌管工程制作。但是冬官早已失傳，漢人以《考工記》(記載各種工匠的業務)補入。

❹存治體　存，留下。治體，治國的體制。

【語　譯】

周公撰寫《周禮》這部經典，設立了六類官職，留下了治國的體制。

【說　明】

此四句說明《周禮》的作者、內容和價值。

根據漢人的說法，《周禮》是周公所作。但是此書記有戰國以來的名物、官職及社會現象，絕不可能是西周初年的作品。大概是戰國時人根據當時及前代的職官資料，加上個人的理想而著成的政府組織法。所以周公作《周禮》的說法，並不可信。

「我周公」，《增補》本、《句釋》本並作「我姬公」，義同。「著六官」，《句釋》本作「著六典」；「六典」一詞，見於《周禮・天官・大宰》，指治典、教典、禮典、政典、刑典、事典，所以「著六典」意為「撰作六種法典」，與原書文義不合。這大概是《句釋》本編者忽略「著」有「立」義，認為「著六官」語不可通，所以才將「六官」改為「六典」。

大小戴❶，註禮記，述聖言❷，禮樂備❸。

ㄉㄚˋ ㄒㄧㄠˇ ㄉㄞˋ　ㄓㄨˋ ㄌㄧˇ ㄐㄧˋ　ㄕㄨˋ ㄕㄥˋ ㄧㄢˊ　ㄌㄧˇ ㄩㄝˋ ㄅㄟˋ

【注釋】

❶大小戴　指漢代的戴德和戴聖。二人是叔姪關係。戴德是叔叔，後人稱為「大戴」；戴聖是姪兒，後人稱為「小戴」。

❷述聖言　述，傳述。聖言，聖賢的言論。

❸禮樂備 禮，泛指各種儀節。樂，指配合各種儀節的音樂。備，完備。

【語譯】

戴德和戴聖，分別編成《大戴禮記》和《小戴禮記》；書中傳述聖賢的言論，以及各種有關禮樂方面的儀節，十分完備。

【說明】

此四句說明《禮記》的編者、內容和價值。

漢人選輯有關禮樂方面的書，現存的有兩種：戴德所編的，共八十五篇（今存三十九篇），稱為《大戴禮記》；戴聖所編的，共四十九篇，稱為《小戴禮記》，即今通行的《禮記》。但是大小戴都僅輯錄古人有關禮制的篇章，以流傳後世，他們本身並無其他著作傳世，也沒有注解過《禮記》，所以本書「註禮記」三字，與事實略有出入。

曰國風❶，曰雅頌❷，號四詩❸，當諷詠❹。

【注釋】

❶國風　《詩經》體裁之一。指周代諸侯國的民間歌謠。共一六〇篇，分為十五國風，依次為：周南、召（ㄕㄠˋ）南、邶（ㄅㄟˋ）、鄘（ㄩㄥ）、衛、王、鄭、齊、魏、唐、秦、陳、鄶（ㄎㄨㄞˋ）、曹、豳（ㄅㄧㄣ）。大抵是西周至春秋中葉的民歌。

❷雅頌　雅，《詩經》體裁之一。分為「大雅」及「小雅」。「大雅」是諸侯朝見天子時所用的詩歌，共三十一篇，大抵是西周時代的作品。「小雅」是天子宴享賓客時的詩歌，亦有士人批評朝政缺失及反映喪亂的詩，今存七十四篇，大抵是西周中晚葉至東周初年的作品。頌，《詩經》體裁之一。分為「周頌」、「魯頌」、「商頌」三類，是祭祀宗廟的詩歌，其中「周頌」作於西周初年，「魯頌」及「商頌」都作於春秋時代。

❸四詩　《詩經》的四種體裁。唐許堯佐〈五經閣賦〉：「虞夏商周之五典，國風雅頌之四詩。」（見《文苑英華・六一》）

❹諷詠　背誦吟詠。

【語譯】

國風、大小雅、頌，是《詩經》的四種體裁，應當背誦吟詠。

【說明】

此四句介紹《詩經》中的四種體裁。「國風」、「雅」、「頌」三類稱之為「四詩」，是因為「雅」又分為「小雅」、「大雅」的緣故。「號四詩」，《故實》本作「號四始」。「四始」有兩種解釋，一指《詩經》四種體裁的首篇：〈關雎〉是「國風」的開始，〈鹿鳴〉是「小雅」的開始，〈文王〉是「大雅」的開始，〈清廟〉是「頌」的開始。這種說法，見於《史記・孔子世家》。但是《詩經・大序・正義》引鄭玄的說法，又以風、小雅、大雅、頌為「四始」，並說：「此四者是人君興廢之始，故謂之四始也。」《故實》本的編者顯然是採用了這種解釋。由於「號四詩」一句並無不妥，所以此處實在沒有改訂的必要。

詩❶既亡，春秋作❷，寓褒貶❸，別❹善惡。

【注釋】

❶詩　指民間的歌謠。詳見本句【說明】。

❷春秋作　春秋，書名。孔子根據魯國史書編撰而成。記載魯國隱、桓、莊、閔、僖、文、宣、成、襄、昭、定、哀十二公二百四十二年間的史事。作，產生；出現。

❸寓褒貶　寓，寄託。褒貶，讚譽與譴責。

❹別　分辨；辨別。

【語譯】

停止采詩以後，《春秋經》就產生了，這部書中隱含著孔子對時事的讚揚和指責，以及對美善和邪惡的分辨。

【說明】

此四句說明《春秋經》的產生及其意義。

古代的聖王為瞭解各地的民風，所以設立采詩的制度，派人專門負責採集民歌，來作為施政的參考。東周以來，王政衰微，采詩的事不再舉行，民間的詩歌由於沒有專人負責整理和保存，也都漸漸失傳了。所以孔子便著作了《春秋》。《孟子・離婁下》說：「王者之迹熄而詩亡，詩亡然後《春秋》作。」因為《春秋》一書有褒貶之意，可知君王的為政得失，這與透過采詩的方式來觀察各地百姓的想法與反應，在治國上都有異曲同工之效。

「春秋作」下，《增補》本有「道淵源，習禮義」六字，諸本皆無。

三傳❶者，有公羊❷，有左氏❸，有穀梁❹。

【注釋】

❶三傳　指闡釋《春秋經》的三種著作，即《左傳》、《公羊傳》及《穀梁傳》。《左傳》以記言記事為主，《公》、《穀》二傳則以闡釋《春秋經》的大義為主。傳，解釋經的書。

❷公羊　即《公羊傳》。相傳是魯人公羊高所傳，當時尚未成書，到漢景帝時，公羊高的玄孫壽和齊人胡母子都根據前人經說加上自己的意見，才編寫成書。

❸左氏　即《左傳》。相傳是魯人左丘明所作。

❹穀梁　即《穀梁傳》。相傳是魯人穀梁俶（音ㄔㄨˋ，一作赤）所傳，直到西漢，才被時人編寫成書。

【語譯】

有三種闡釋《春秋經》的著作，就是《公羊傳》、《左傳》和《穀梁傳》。

【說明】

此四句說明「《春秋》三傳」的內容。

《左傳》的前身為《左氏春秋》，雖然也是記載春秋史事的書，卻非《春秋經》的傳，換句話說，它不是為了解經而作；到了西漢末年，劉歆將它改編，與經文相對應，才成為《春秋》的傳。《漢書・楚元王傳》說：「初，《左氏傳》多古字古言，學者傳訓詁而已；及歆治《左氏》，引傳文以解經，轉相發明，由是章句義理備焉。」我們試將《左傳》與《春秋經》比對，發現《左傳》所記，往往超出《春秋經》的範圍，也有二者同記一事，但是並非釋經的傳文，這都是明顯的證據。

三傳在經、史學上都是重要的典籍，尤其是《左傳》，更兼具文學價值。但是此書好言神鬼及預言禍福，近於迷信。晉范甯《穀梁傳・序》說：「《左氏》豔而富，其失也巫。」「豔」指辭采華麗，「富」指內容豐富，「巫」即指好言神鬼禍福。這種評價，可謂精當。

經既明，方讀子❶。撮其要❷，記其事❸。

【注釋】

❶子　子書，指古代思想家的著作。《四庫全書總目提要・子部・總敘》：「自六經以外立說者，皆子書也。」

❷撮其要　撮，摘取。其，指稱詞，指諸子。要，大要；要旨。

❸事　指言行學說。

【語譯】

六經既已明白了，才可以閱讀子書。摘取其中的大要，記下各家的言行學說。

【說明】

此四句說明讀書的次第，是先讀經書，再讀子書。「記其事」，《故實》本作「紀其事」，「記」是「牢記不忘」，「紀」是「總其大要」，二者意義有別。

諸子學說，起自先秦。春秋戰國時，由於王政衰微，諸侯爭霸，所以諸子各抒所見，以求見用。漢唐以來，流派日多。各家的學說雖然醇駁互見，但是凡能卓然成家的，都必定有過人之處，可資借鏡。我們研讀古人論著，只要能去取得當，截長補短，對於立身處世、待人接物，將有很大的助益；他們優美的文筆，也值得我們效法。所以子書在我國學術史及文學史上，都有重要的價值。

【注釋】

五子者，有荀揚❶，文中子❷，及老莊❸。

❶荀揚　荀，即《荀子》，戰國趙人荀況（荀卿）所撰，二十卷。荀況是先秦儒家集大成的人物。他認為人性中存有貪欲之念及好利惡害等惡端，所以主張「隆禮」（隆是尊崇之意），透過學習，使人人知禮守禮，才能矯抑惡端，趨於善道，國家也就太平了。揚，指《法言》，漢揚雄（西元前五八～一八年）所撰。揚雄字子雲，蜀郡成都（今四川成都）人。王莽時，校書於天祿閣，後拜為大夫，為人口吃而長於辭賦，曾模仿《論語》作《法言》十三卷，模仿《易經》作《太玄》十卷；又蒐集當時各地方言，撰《方言》十五卷（今本為十三卷），是研究古代語言的重要資料。《法言》一書，建立尊孔的儒學思想體系，富有教育和批判的精神，是漢代重要的哲學著作。

❷文中子　又名《中說》，舊題隋王通（西元五八四～六一八年）所作。王通字仲淹，龍門（今山西河津）人，是唐初文學家王勃的祖父。死後，諡號文中子。《中說》二卷，分為〈王道〉、〈天地〉、〈事君〉、〈周公〉、〈問易〉、〈禮樂〉、〈述史〉、〈魏相〉、〈立命〉、〈關朗〉等十篇，記載王通與門人對答的話語，由其弟子薛收、姚義等編集成書。立論平正，於治國修身，頗切實用。

❸老莊　《老子》和《莊子》。《老子》，相傳李耳所撰。李耳，字聃，號老子。春秋楚國苦縣（今河南鹿邑東）人。做過周朝看守藏室的史官，後來隱居不仕。主張清靜無為，是道家的始祖。今本《老子》書中，記有戰國以來的事物，不可能出自老子之手，大

概當時老子學說已流傳，尚未成書，到戰國時，才由後學寫定傳世。《莊子》，莊周所作。莊周，字子休，戰國蒙城（今河南商邱南）人，曾做過蒙地管理漆園的官。家貧，但不好名利。他的思想，主張以無用為用，以逍遙為樂，齊是非生死，而保養性命之真。受老子學說影響而別有天地，與老子同是道家最重要的人物。根據《漢書‧藝文志》，《莊子》原有五十二篇，今本為晉郭象所編，三十三篇，分為內篇七篇，外篇十五篇，雜篇十一篇。大致來說，內篇是莊子自著，外篇、雜篇則或有後人增益的篇章。全書多採重言（假託古人的話）或寓言的方式來說理，對後世的哲學及文學影響甚大。

【語譯】

有五部較重要的子書，是《荀子》、揚子《法言》、《文中子》，以及《老子》、《莊子》。

【說明】

此四句介紹歷代諸子中五種比較重要的著作。按照時代來說，是《老子》、

《莊子》、《荀子》、《法言》和《中說》(又名《文中子》)。其中《老》、《莊》、《荀》三書是先秦諸子中最重要的作品,也是古人必讀的子書;至於作者舉出《法言》及《中說》,一方面因為揚雄是漢人,王通是隋人,選讀他們的作品,思想的涵蓋面會比較廣,另一方面,也由於二書都是將經傳的道理落實到人事方面,可與上述的儒家經典相互印證的緣故。

經子通,讀諸❶史。考世系❷,知終始。

【注釋】

❶諸　眾;各種。

❷世系　一姓代代相傳的系次。即世代的譜系。

【語譯】

經書和子書都讀通了，就可以開始研讀各種史書。考察各朝世代相傳的統系，明白它們興盛和衰亡的道理。

【說　明】

此四句說明讀史書的要領。

讀史可以鑑往知來，所以古人稱史書為「龜鑑」。史書讀多了，非但可以知道古人的事跡，對未來歷史發展的大勢、演變的規律，都能夠掌握。這種境界，古人稱為「通古今之變」（見司馬遷〈報任少卿書〉）。

研讀史書，要先瞭解各朝代的年代和世系。前者指各朝代及帝王統治時期的起迄，後者指某一朝代世世相傳的系次。二者都是歷史的架構。因為我國古代社會雖是實行宗法制度（由嫡長子承繼），帝位的傳授卻不見得是父子相承，像西漢惠帝承繼高祖，是子承繼父；但是文帝與惠帝之間，卻是弟承繼兄，這種情況，稱為一世二主。以東漢為例，自光武至獻帝，傳八世十四主，共一百九十六年。能夠掌握住這些架構，對於歷史才算有最基本的認識。

但是，不同立場的史家所敘述的歷史常有出入，所以讀史的人必須具備史識。有了史識，才能適當地評論古人事跡，不致顛倒黑白。由於史識主要是來自個人的學識與閱歷，所以作者認為：要等到重要的經書、子書都讀通了，才能開始研讀史書。

自羲農❶，至黃帝❷，號三皇❸，居上世❹。

【注釋】

❶羲農　伏羲、神農的簡稱。伏羲，古帝名。即太昊。又作伏犧、庖犧、包犧、宓羲、伏戲。風姓。相傳他始畫八卦，教民漁獵。見《易・繫辭下》。神農，古帝名。又稱炎帝、烈山氏。姜姓。相傳他創造耒耜，教民耕種，又親嚐百草為醫藥，以治疾病。見《通志・三皇紀》。

❷黃帝　古帝名。姓公孫。生於軒轅之丘，故名軒轅，並以此為號。因為生長於姬水一帶，故又姓姬；建國於有熊，也稱有熊氏。當初，神農氏後裔榆罔暴虐無道，被軒轅打敗於阪泉；蚩尤作亂，被軒轅誅殺於涿鹿。於是諸侯推尊他為天子，是為黃帝。見《史記・五帝本紀》。

❸皇　大君；偉大的君主。

❹上世　遠古的時代。

【語譯】

從伏羲、神農到黃帝，這三位上古時代的君主，後人尊稱他們為「三皇」。

【說明】

此四句介紹古代傳說中的「三皇」。

無論中外的歷史，都有「傳說」和「信史」之分。傳說是指一些沒有實據的人物和故事，信史則是翔實可信的歷史。但是二者之間有時也難以區分。我國的上古史，雖然可以追溯得很早，但是可信的歷史人物，大概要從夏禹開始。換句話說，夏代以前的伏義氏、神農氏、有巢氏、燧人氏、黃帝、炎帝、女媧，甚至唐堯、虞舜等，都只是傳說中的人物而已。

唐有虞❶，號二帝❷，相揖遜❸，稱盛世。

【注釋】

❶唐有虞　指唐堯和虞舜。唐堯，古帝名。名放勳，堯為諡號。他是帝嚳的次子，黃帝的玄孫。姓伊祁氏。初封於唐，後封於陶，故號陶唐，史稱唐堯。相傳他在位九十八年，壽一百一十七歲。虞舜，古帝名。名重華，字都君，舜為諡號。冀州人，生於姚墟，因姓姚氏。他也是黃帝的後代，沒落為庶人，居畎畝之中。堯聞其賢孝，命他攝政，後來受禪為帝，國號虞，也稱有虞（有字是詞頭，無義），史稱虞舜。相傳他在位三十九年，壽九十九歲；一說在位五十年，壽百一十歲。見《史記・五帝本紀》三家

注和《通志・五帝紀》。

❷二帝　指堯、舜。《書・大禹謨・祗承于帝・正義》：「禹承堯、舜二帝。」

❸揖遜　指以位讓賢。《說文》：「揖，讓也。」揖讓是同義複詞。孔穎達《尚書正義・序》：「勳、華揖讓而典謨興。」

【語　譯】

唐堯和虞舜，合稱二帝，他們都把帝位讓給賢者，歷史上稱聖明時代。

【說　明】

此四句介紹堯舜二帝的政績。

根據《尚書・堯典》的記載，堯在位七十年的時候，準備讓帝位給賢者，當時四方部族的領袖都推薦舜，於是堯用各種工作來考驗他，證實他的為人誠懇、才能出眾，便將帝位傳給了他。舜即位後，也很注重培育人才，當時禹治平了洪水，舜封他作司空，後來也將帝位讓給禹。這種禪讓的方式，是古代政治理想的最高境界，所以後人都把堯舜時代視為歷史上盛世的代表。

夏有禹❶，商有湯❷，周文武❸，稱三王❹。

【注釋】

❶夏有禹　夏，朝代名。約西元前二十二至前十八世紀。自禹至桀，傳十四世十七主，共四百七十一年（據《史記集解》引《汲冢紀年》）。禹，夏朝開國的聖君。姓姒氏。他是顓頊的孫子，黃帝的玄孫。堯時，他的父親鯀（ㄍㄨㄣˇ）因為治水無功，被舜所殺，他繼承父業，疏導洪水，居外十三年，過家門而不入。後受禪為帝，都安邑，國號夏，史稱夏禹。後南巡，死在會稽。在位十年，壽百歲。相傳他根據九州的山川、土地、物產及道里的遠近而訂出九州的貢職，《尚書》中有〈禹貢〉一篇，即記述此事。見《史記・夏本紀》。

❷商有湯　商，朝代名。約西元前十八至前十二世紀。商的始祖名契，十四傳至湯，滅夏而有天下，都亳（音ㄅㄛˋ，今河南商邱北），國號商。傳至帝辛（紂），為周所滅。凡

十七世三十主，共六百多年。湯，商代開國的君主。子姓，名履，即天乙，又稱成湯。夏桀無道，湯起兵討伐而得天下。在位十三年。見《史記・殷本紀》。

❸周文武　周代的文王及武王。周文王，姓姬名昌，商末周族的領袖，建國於岐山下，稱為西伯。曾因崇侯虎向紂進讒，被囚於羑（ㄧㄡˇ）里（今河南湯陰北），後得臣子散宜生等營救而獲釋。諸侯聽聞他施行善政，大多投效他。死後，被尊為「文王」。武王名發，文王子，率領諸侯伐紂，敗紂於牧野，滅殷，即帝位，建都鎬（ㄏㄠˋ）京。見《史記・周本紀》。

❹三王　三代的聖王。

【語　譯】

夏朝的禹、商代的湯，以及周代的文王和武王，他們都是三代的聖王。

【說　明】

此四句介紹夏、商、周三代的聖王。

古人所謂「三王」，並非實指三人，而是指夏、商、周三代的聖王（這種用法，與「三皇」、「五帝」、「五霸」等有別）。所以古人也常用「三王」來指稱夏、商、周三代，如《儀禮・士冠禮》：「周弁、殷冔、夏收，三王共皮弁素積。」《白虎通義・號》：「三王者，夏、商、周也。」

夏傳子，家天下❶，四百載❷，遷❸夏社❹。

【注釋】

❶家天下　指帝王把國家看作自家私產般世代相傳。

❷四百載　夏朝約西元前二十二至前十八世紀。

❸遷　變易；改變。指改朝換代。

❹社　社稷。指國家、王朝。社是土神，稷是穀神。古時帝王、諸侯必設有社稷之神，社稷隨國家而存亡，故以社稷作為國家的代稱。

【語譯】

夏代的君主都把帝位傳給自己的兒子，以國家為自家私產，世代相傳，經過了四百年，夏朝就結束了。

【說明】

此四句說明夏朝的傳位方式和國祚。

有關夏禹廢禪讓，傳位給兒子的問題，一般說法與史實略有出入。根據《史記・夏本紀》記載，帝禹即位後，舉用益，讓他幫忙治理天下。後來禹臨死前，就將天下傳給益。但是由於禹的兒子啟十分賢能，天下人都希望他當國君，所以益便把天下再讓給啟。這種情況，與夏禹自私地把天下傳給啟絕對是兩回事。直到帝啟死後，由兒子太康即位，從此夏朝才變成真正的「家天下」。

湯❶伐夏，國號商，六百載❷，至紂❸亡。

【注釋】

❶湯　商代開國的君主。即天乙（甲骨卜辭稱為「大乙」或「唐」），又稱「成湯」。夏桀暴虐無道，湯伐桀而有天下。

❷六百載　《史記・殷本紀・集解》：「譙周曰：『殷凡三十一世，六百餘年。』」

❸紂　商末的君主。名受，時人稱他為紂，或稱紂王、帝紂；廟號辛，故又稱帝辛。

【語譯】

成湯討伐夏桀而有天下，國號為商，傳了六百多年，到紂王時亡國。

【說明】

此四句說明商朝的成立和國祚。

商朝自成湯建都於亳後，曾經多次遷徙。傳至盤庚，自奄（音ㄧㄢˇ，今山東曲阜城東）遷都於殷（今河南安陽小屯村）；自後商朝亦稱殷朝。

我國到了商代，國家的體制已大致完成。商代基本上還是農業社會，但畜牧業、商業、手工業也都有相當的發展。手工業以鑄銅、製陶、雕刻、紡織、釀酒等為主，從出土器物的造型和花紋來看，藝術成就甚高。

商代的版圖，最盛時大約北到長城附近，南到長江中游，西至渭河盆地東部，是當時華北地區的統治者。

周武王，始誅❶紂，八百載❷，最長久。

【注釋】

❶誅　討伐。

❷八百載　《史記・周本紀・集解》：「皇甫謐（ㄇㄧˋ）曰：周凡三十七王，八百六十七

年。」

【語 譯】

到了周武王，才討伐商紂，建立周朝，傳了八百多年，是歷史上年代最綿長久遠的王朝。

【說 明】

此四句介紹周朝的成立和國祚。

商朝末年，紂王暴虐失德，沉迷酒色，以致眾叛親離。當時紂王曾一度將西伯姬昌囚於羑里，加以迫害，但是姬昌始終沒有起兵伐紂。姬昌死後，兒子姬發自號武王，並追尊西伯為「文王」，而且聯合諸侯，發兵討紂。紂自焚於鹿臺，武王即天子位，這就是周朝的開始。周朝在我國歷史上年代最長，西周與東周合計，共有八百多年。這裡單說八百年，只是算個整數。

周朝自開國後，實行封建制度。所謂封建制度，就是天子將爵位及土地分封給弟兄、兒子及功臣們，等到他們死後，再由嫡長子承繼，這稱為諸侯國。諸侯必須服從天子，而且要按時朝見、進貢。這種方式，一直到秦始皇統一天下、實行郡縣制度以後才廢除。

周轍❶東，王綱墜❷。逞干戈❸，尚游說❹。

【注釋】

❶轍　車輪所輾過的痕跡，引申指車駕。此處借指周室東遷。

❷王綱墜　王，指朝廷。綱，綱紀，指紀律、法度。墜，衰落；喪失。

❸逞干戈　逞，任意放恣。干戈，兵器的通稱。干是盾牌，戈是平頭的戟。這裡用來比喻戰爭。

❹尚游說　尚，崇尚；流行。游說，指謀士周遊列國，向諸侯分析政治形勢和利害關係，

並提出個人的主張，以求取諸侯的寵信和任用。

【語　譯】

周室自平王東遷以後，朝廷的綱紀就衰微不振了。各諸侯國間濫用武力，時常發動戰爭，而謀士周遊列國、以言談求取功名的行徑，在當時也蔚為風尚。

【說　明】

此四句說明東周時代政治的特色。

周朝自武王開國，歷經成王、康王、昭王、穆王、共王、懿王、孝王、夷王、厲王、宣王而到幽王。幽王無道，國勢日衰，被犬戎所滅，幽王被殺。平王即位，便把國都自鎬京（今陝西長安西）遷到雒（ㄌㄨㄛˋ）邑（今河南洛陽）。由於鎬京在西，雒邑在東，所以史家將武王至幽王定都鎬京的時代，稱為西周；將平王東遷以後的時代，稱為東周。

自平王東遷以後，周室衰微，諸侯各自為政，不肯服從天子的政令，相互鬥爭兼併，任意使用武力，天下紛亂不堪。當時有些知識分子，針對諸侯想要富國爭雄的野心，周遊列國，向諸侯提出自己的政治主張，只要能夠投合君主的心意，便可博取高官厚祿。這種風尚，在春秋戰國時十分盛行。

始春秋❶，終戰國❷，五霸彊❸，七雄❹出。

【注釋】

❶春秋　時代名。自西元前七七〇至前四七六年。是因孔子作《春秋》而得名。

❷戰國　時代名。自西元前四七五至前二二一年。是因劉向編成《戰國策》一書而得名。

❸五霸彊　五霸，指春秋時諸侯中勢力強大、稱霸一時的五位君主。《孟子・告子下》：「五霸者，三王之罪人也。」趙岐注：「五霸者，大國秉直道以率諸侯，齊桓、晉文、秦繆（同穆）、宋襄、楚莊是也。」彊，「強」的本字。

❹七雄　指戰國時的七個強國。《史記・六國年表・索隱》：「六國，魏、韓、趙、楚、燕、齊，并秦凡七國，號曰『七雄』。」

【語　譯】

從春秋時代開始，到戰國時代結束，這中間先有齊桓公、晉文公、秦穆公、宋襄公、楚莊王五位君主，稱霸一時，勢力最為強大，後來又有魏、韓、趙、楚、燕、齊、秦七強並起，爭雄天下。

【說　明】

此四句介紹春秋五霸、戰國七雄。

「春秋」之名，源自孔子的《春秋經》，但是《春秋經》所記，自周平王四十九年（魯隱公元年，西元前七二二年）開始，至周敬王三十九年（魯哀公十四年，西元前四八一年），共二百四十二年；而一般史家對於春秋時代的劃分，大多以平王元年（西元前七七〇年）開始，周元王元年（西元前四七六年）結束，二者頗有出入。至於戰國時代的起迄，一般多以為是周元王二年至秦統一

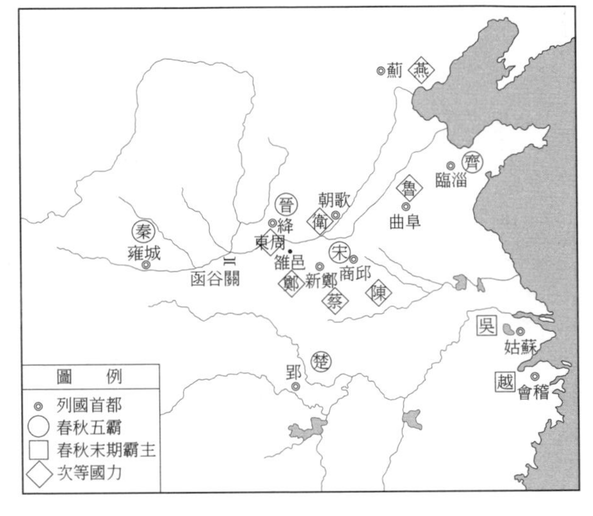

春秋形勢圖

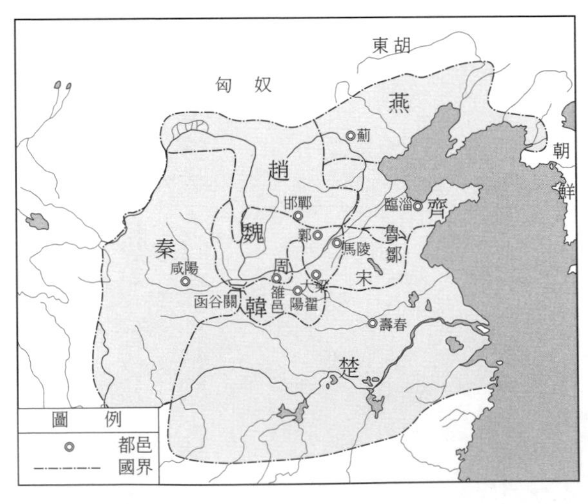

戰國形勢圖

天下，即西元前四七五至前二二一年。

「五霸」（也作「五伯」）之稱，始見於《孟子》，但是《孟子》並未明言「五霸」是那五位諸侯。到《荀子・王霸》才明白地稱齊桓公、晉文公、楚莊王、吳王闔閭、越王句踐為「五霸」。班固的《白虎通義・號》，則另有二說：一、齊桓公、晉文公、秦穆公、楚莊王、吳王闔閭；二、齊桓公、晉文公、秦穆公、宋襄公、楚莊王。其後趙岐作《孟子章句》，即採取第二種說法，而隨著《孟子》一書的流傳，此說也廣為後人所接受。

「七雄」之中，韓、趙、魏是由晉國分裂而成，合稱「三晉」。韓占有今河南中、西部和山西一小部，疆域最小；趙占有今山西中、北部，河北西南部；魏占有今山西西南部、河南東北部和陝西東北部，勢力也最強大。齊國至威王、宣王、湣（ㄇㄧㄣˇ）王時，國勢日強，前三五四年大敗魏軍於桂陵（今山東荷澤東北二十里）；前三四一年，又敗魏軍於馬陵（今河北大名南），逐漸形成齊、秦二強東西對峙的局面。後來燕以樂毅為將，於前二八四年大敗齊軍，齊國七十餘城皆陷，只餘莒和即墨未下；雖然襄王得以復國，但齊國元氣已傷，僅能自保。至於楚國，在七雄中疆域最大：東到江浙沿海，北到河南中、南部和山東南部，西到陝西南部、四川東部，西南到貴州東北部，南到五嶺一帶。到了楚懷王時，兩度為秦所敗，國力從此大挫。而在戰國末期，趙武靈王提倡胡服騎射，國勢一度復興，後因誤用趙括，被秦國大敗於長平（今山西高平西二十里），從此六國便無力與秦抗爭，逐漸形成了秦統一天下的局面。

嬴秦氏❶，始兼併❷，傳二世❸，楚漢❹爭。

【注釋】

❶嬴秦氏　指秦始皇。秦為嬴姓，故稱「嬴秦氏」。始皇名政，西元前二五九至前二一〇年在位。為莊襄王之子。十三歲即位，由相國呂不韋掌權，十年廢呂不韋，從此親政，史稱秦王政。至二十六年（西元前二二一年）統一天下，自號始皇帝。廢封建，設置三十六郡，成為中國第一個實行中央集權的君主。後在出巡時，死於沙丘（今河北平

鄉東北）。在位三十七年。見《史記・秦始皇本紀》。

❷兼併　指併吞六國的土地。

❸二世　秦朝的第二個君主。名胡亥，秦始皇次子，西元前二〇九至前二〇七年在位。後為權臣趙高所迫，自殺。見《史記・秦始皇本紀》及〈李斯列傳〉。

❹楚漢　指項籍與劉邦。項籍字羽，秦末下相（今江蘇宿遷西）人，少有奇才，力能扛鼎。祖先世世為楚將。秦二世時，隨叔父項梁起兵吳中，大破秦兵，入函谷關，殺秦降王子嬰，分封天下，自號為「西楚霸王」，後為劉邦所敗，自刎於烏江。見《史記・項羽本紀》。劉邦字季，沛縣豐邑（今江蘇豐縣）人，漢代的開國君主，西元前二五六至前一九五年在位。秦末時，為泗水亭長，沛人擁立為沛公，與項羽共伐秦。秦滅後，項羽主政，封他到巴、蜀、漢中，號為漢王，後來出關，與項羽爭天下，相約以鴻溝為界。至西元前二〇二年，滅項羽而登帝位。國號漢，定都長安，在位十二年，廟號高祖。見《史記・高祖本紀》。

【語　譯】

到了秦王嬴政，才併吞六國統一天下，建立秦朝，但只傳到二世胡亥，秦朝就滅亡了，造成楚霸王項羽與漢王劉邦互爭天下的局面。

【說　明】

此四句敘述秦之統一天下以及承傳。

秦王兼併六國，是用蠶食的辦法。原先六國任用蘇秦為相，採取「合從」（即合縱）政策，主張六國同盟，以聯合圍堵的策略，抗拒秦國。等到蘇秦死後，秦用張儀，外交策略也由被動轉為主動，提倡「連橫」政策，主張秦國分別與六國和好，以突破孤立的局面；另一方面，六國也心存幻想，奢望結交秦國，就可避免受到秦國的侵略，結果反被秦國各個擊破。在西元前二三〇年，秦滅韓；前二二五年，滅魏；前二二三年，滅楚；前二二二年，滅燕、趙；前二二一年，滅齊，遂統一天下。

秦朝是我國歷史上第一個中央集權的龐大帝國。秦始皇雄才大略，精力過人，但卻自私自大，殘暴成性，對人民採取高壓政策，非但要控制百姓的自由，而且焚毀民間藏書，企圖控制人民的思想。他自己又貪圖享樂，並役使百姓築長城、修馳道、建阿（ㄜ）房宮，加深了人民的怨憤，所以在他死後不久，秦朝就被推翻了。

高祖興，漢業❶建，至孝平❷，王莽篡❸。

【注釋】

❶業　基業。即事業的基礎。

❷孝平　西漢最後的一個皇帝。即漢平帝。名衎（ㄎㄢˋ）。宣帝曾孫，元帝庶孫，中山孝王之子。年三歲嗣立為王，九歲即帝位，在位五年，後為王莽所弒。見《漢書・平帝紀》。

❸王莽篡　王莽（西元前四五～二三年），字巨君，漢東平陵（今山東歷城）人，孝元皇后的姪兒，成帝時為大司馬。平帝即位，幼弱，莽遂攬朝政，號為「安漢公」。後弒平

帝而立孺子嬰，踐祚攝政，稱為「攝皇帝」。不久篡位自立，改國號為「新」，在位十五年，後為漢兵所殺。見《漢書・王莽傳》。篡，以武力奪取君位。

【語譯】

漢高祖劉邦起來，建立了漢王朝的基業，傳到孝平帝時，被王莽奪取了帝位。

【說明】

此四句敘述西漢的開國及被篡。

漢朝自高祖以後，帝諡皆加「孝」字。《漢書・惠帝紀・孝惠皇帝・注》：「孝子善述父之志，故漢家之諡，自惠帝已下皆稱孝也。」我們一般說「漢惠帝」、「漢文帝」、「漢武帝」等，其實都只是簡稱。

漢朝有西漢、東漢之分，西漢自高祖歷傳惠帝、文帝、景帝、武帝、昭帝、宣帝、元帝、成帝、哀帝、平帝。平帝時，王莽秉政，後更弒平帝立孺子嬰，不久篡位自立，西漢遂亡。

光武❶興，為東漢❷。四百年，終於獻❸。

【注釋】

❶光武　即漢光武帝劉秀（西元前六～五七年）。秀字文叔，漢高祖九世孫，生長在民間。新莽末年，秀起兵於宛（今河南南陽），受命於更始帝劉玄，為太常偏將軍，破莽軍於昆陽。王莽既歿，英雄競起，各自稱王，秀於建武元年（西元二五年）六月，即皇帝位，其後平定群雄，統一天下，偃武修文，尊崇儒術，獎勵氣節，為漢代中興之主。在位三十三年，謚光武。見《後漢書・光武帝紀》。

❷東漢　朝代名（西元二五～二二〇年）。也稱後漢。王莽篡漢，劉秀以漢宗室起兵討伐，平定群雄而有天下，是為光武帝，傳八世十四主，至獻帝時為曹丕所篡，共一百九十

六年。漢代自劉邦開國，定都長安，而光武帝改都洛陽，故稱東漢。

❸獻　指漢獻帝。獻帝名協（西元一八一～二三四年），靈帝之子。在位三十一年，始終受制於董卓、曹操等。後為曹丕所篡，被廢為山陽公。見《後漢書・獻帝紀》。

【語　譯】

漢光武帝劉秀中興漢室，史稱東漢。兩漢共傳了四百年，到獻帝時國家就亡了。

【說　明】

此四句敘述東漢的起迄和漢代的國祚。

所謂「四百年」，是兼兩漢而言。漢代自高祖元年（西元前二〇六年）至孺子嬰三年（西元八年）共二百一十四年，史稱西漢；自光武帝建武元年（西元二五年）起，歷經明帝、章帝、和帝、殤帝、安帝、少帝、順帝、沖帝、質帝、桓帝、靈帝、少帝，至獻帝延康元年（西元二二〇年），共一百九十六年，史稱東漢。兩漢共四百一十年。

蜀魏吳❶，分漢鼎❷，號三國❸，迄兩晉❹。

【注釋】

❶蜀魏吳　蜀，三國時國名（西元二二一～二六三年）。漢獻帝為魏所篡，劉備以漢宗室在蜀（今四川）稱帝，繼承漢統，國號「蜀」，都成都，史稱蜀漢。傳二世二主，四十三年。魏，三國時國名及朝代名（西元二二〇～二六五年）。東漢獻帝時，曹丕篡漢稱帝，國號「魏」，都洛陽。領有十三州。後來滅蜀漢。至西元二六五年，為司馬炎所篡。傳四世五主，四十六年。吳，三國時國名（西元二二二

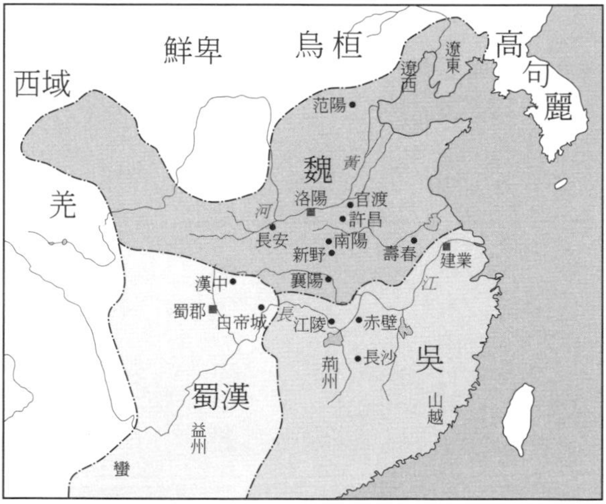

三國形勢圖

二～二八〇年）。魏蜀相繼稱帝後，孫權亦占據江東稱帝，都建業（今南京），國號「吳」。傳四世四主，五十九年。

❷漢鼎　指漢朝的帝位。相傳夏禹收九牧之金，鑄成九鼎，作為傳國的寶器，後來遂用「鼎」來象徵政權或王位。

❸三國　時代名（西元二二〇～二六五年）。由當時的魏、蜀、吳三國鼎立而得名。三國之中，魏最強大，但因吳、蜀聯盟，所以魏始終無法統一天下。

❹兩晉　指西晉與東晉。晉代自武帝（司馬炎）泰始元年（西元二六五年）至愍帝（司馬鄴）建興四年（西元三一六年），定都洛陽，共五十二年，史稱西晉；自元帝（司馬睿）建武元年（西元三一七年）遷都建康（即建業，因避愍帝司馬鄴的名諱，改名建康），至恭帝元熙二年（西元四二〇年），共一百零四年，史稱東晉。

【語　譯】

蜀國、魏國、吳國三分了漢朝的天下，史稱三國，一直到晉代繼起，才結束了紛亂的局面。

【說明】

此四句敘述三國的鼎立和兩晉的承繼。

「蜀魏吳」，《故實》本如此，《備要》本、《增補》本、《句釋》本則作「魏蜀吳」。這是由於後人論及三國歷史時，有著不同的看法──或以魏為正統，或以蜀漢為正統的緣故。此句的異文正反映出兩種不同的政治觀點。因為現存的《三字經》最早傳本，是清道光時的《三字經故實》（即《故實》本），所以本書採用了「蜀魏吳」的次序。至於當初《三字經》作者的原文是否如此，就不得而知了。

此外，史家對於三國時代的起迄，是以魏的年代為準（即西元二二〇～二六五年）。雖然西元二二〇年，劉蜀尚未稱帝，三國之名還未產生；至二六三年蜀被魏所滅，當時只剩魏、吳二國，已經不是三國鼎立之勢了，但是史家還是將西元二二〇及二六四至二六五年歸入「三國時代」。至於西元二六五年魏亡以後，到二八〇年止，前後共十六年，當時雖然吳國尚存，但是史家習慣上都把它歸入「西晉時代」。

宋齊❶繼，梁陳❷承❸，為南朝❹，都金陵❺。

【注釋】

❶宋齊　二朝代名。宋，南朝之一（西元四二〇～四七九年）。東晉末年，劉裕篡晉稱帝，國號宋，是為宋武帝，都建康（即金陵），史稱劉宋。領土在今黃河以南、長江和珠江流域一帶。後為權臣蕭道成所篡。傳四世八主，六十年。齊，南朝之一（西元四七九～五〇二年）。蕭道成篡宋自立，國號齊，是為齊高帝，都建康，史稱南齊。據有今長江、珠江流域。因君王無道，骨肉相殘，終為雍州刺史蕭衍所篡。傳四世七主，二十四年。

❷梁陳　二朝代名。梁，南朝之一（西元五〇二～五五七年）。蕭衍篡齊稱帝，國號梁，

是為梁武帝，都建康。武帝在位四十八年，勤政愛民，並大敗北魏；晚年因篤信佛教，不務朝政，又因侯景之亂，元氣大傷，傳到敬帝，終為陳霸先所篡。傳三世四主，五十六年。陳，南朝之一（西元五五七～五八九年）。吳興的陳霸先起而代梁稱帝，國號陳，是為陳武帝，都建康。是南朝中唯一由南方人所建立的王朝。傳至後主叔寶，為隋所滅。傳三世五主，三十三年。

❸承　承繼；延續。

❹南朝　時代名（西元四二〇～五八九年）。晉亡後，當時南方相繼建立的宋、齊、梁、陳四個朝代合稱為南朝。領土約當三國時的吳、蜀舊地，即今淮水以南地帶。四朝均建都於建康，國祚都很短，由劉裕篡東晉到陳後主降隋，共一百七十年。

❺都金陵　都，定都。金陵，即今南京市，又名建業、建康。戰國時楚置金陵邑，秦改稱秣陵。三國時吳遷都於此，改名建業，晉時避愍（ㄇㄧㄣˇ）帝（司馬鄴）的名諱，改為建康。

【語　譯】

東晉滅亡後，南方先後建立了宋、齊、梁、陳四個朝代，史稱南朝，這四朝都以金陵為國都。

【說　明】

此四句敘述南朝四代的更替。

自從劉裕篡東晉，建立宋朝（為了與「唐宋」的「宋」區別，史家習慣上把劉裕建立的「宋」稱為「劉宋」或「南朝宋」，而「唐宋」的「宋」則稱「趙宋」或單稱「宋」），便進入「南北朝」時代。所謂「南北朝」，是「南朝」和「北朝」的合稱，二者的時代雖然大部分相涵蓋，但是起迄年代並不相同（南朝為西元四二〇～五八九年，北朝為西元三八六～五八一年）。因為當時天下沒有統一，北方為外族所統治，稱為「北朝」；而中原人士在南方建立的政權，稱為「南朝」。南朝共有宋、齊、梁、陳四個朝代，四朝都是以金陵為都，加上三國時的吳，以及東晉，也都是建都於金陵，所以史家和文人又把它們和南朝合稱「六朝」或「六代」。

自東晉以來，外族即常入寇中原，而且盤踞北方，建都立國，這些外族，雖然文化較低，但由於長期漢化的結果，政教日上軌道，國力在南朝之上，所以在一百多年間，南朝非但不能匡復失地，而且常被北朝入侵，國界日縮。後來隋朝統一天下，也是以北朝為基礎的。

北(ㄅㄟˇ)元(ㄩㄢˊ)魏(ㄨㄟˋ)❶，分(ㄈㄣ)東(ㄉㄨㄥ)西(ㄒㄧ)❷；宇(ㄩˇ)文(ㄨㄣˊ)周(ㄓㄡ)❸，與(ㄩˇ)高(ㄍㄠ)齊(ㄑㄧˊ)❹。

【注釋】

❶北元魏　即北魏（西元三八六～五三四年）。朝代名，北朝之一。東漢末年，鮮卑族拓跋氏據有匈奴舊地，晉武帝太元十一年，拓跋珪占有盛樂，自立為代王，後改稱帝，國號魏，史稱北魏或後魏，也稱元魏或拓跋魏。起初建都平城，孝文帝時遷至洛陽，力行漢化，國力鼎盛。領土有今河北、山西、山東、甘肅的全部，江蘇、河南、陝西三省的北部，與遼寧的西部等地。後分裂為東魏、西魏。共十二主，一百四十九年。

❷東西　指東魏和西魏。西魏，北朝之一（西元五三五～五五七年）。北魏傳至孝武帝時，因權臣高歡專恣跋扈，帝西奔關中，依附鎮守長安的鮮卑人宇文泰，並且遷都長安，史稱西魏。傳至恭帝時，為宇文泰三子宇文覺所篡。傳三主，二十三年。東魏，北朝之一（西元五三四～五五〇年）。北魏孝武帝西奔投靠宇文泰後，高歡別立孝靜帝，遷都於鄴（今河南臨漳西），史稱東魏，據有洛陽以東北魏領土。後為高歡次子高洋所篡。共十七年。

❸宇文周　指宇文覺所建的北周。宇文覺，宇文泰第三子，字陁（ㄊㄨㄛˊ）羅尼。西魏恭帝時，襲父官爵，任太師、大冢宰，封周公；後篡位自立，國號周，史稱北周或宇文周。後為宇文護所殺，謚孝閔。

❹高齊　指高洋所建的北齊。高洋，高歡次子。東魏時累封為齊王，不久廢孝靜帝，自立為王，國號齊，史稱北齊或高齊，以別於南朝蕭道成所建的齊。初年尚能留心朝政，後以功業自矜，荒淫無度。在位十年。謚文宣。

【語譯】

北方有北魏，後來分裂為西魏和東魏；不久，宇文覺篡西魏，建立北周，高洋篡東魏，建立北齊。

【說明】

此四句說明北朝的興替。

北朝的情形，較南朝複雜很多。遠在西晉末年，北方的外族便開始大舉入侵，晉室南遷，是為「五胡亂華」（五胡是：匈奴、羯、鮮卑、氐、羌）。這些外族先後在北方建立了前趙、成漢、前涼、後趙、前燕、前秦、後秦、後燕、西秦、後涼、南涼、南燕、西涼、北涼、夏、北燕等十六個國家，史稱「五胡十六國」。到了西元四三九年，才由魏太武帝拓跋燾統一北方，史稱「北魏」或「後魏」，傳至孝文帝拓

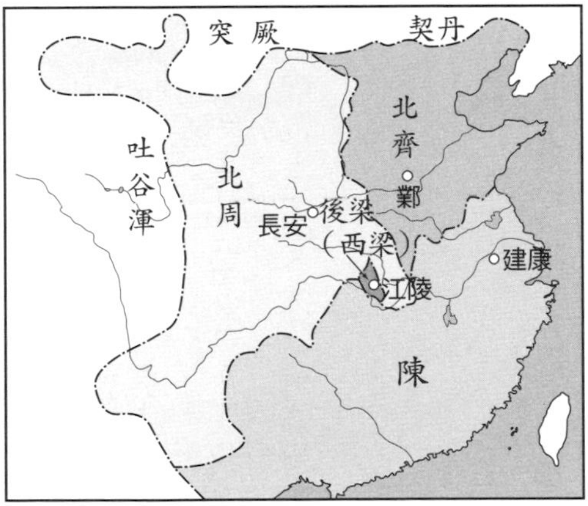

南北朝後期形勢圖

跋宏，改姓元氏，所以又稱「元魏」。到孝武帝元修時，權臣高歡等把持朝政，元修便向西發展，都長安，後由孝文帝的孫子元寶炬繼位，是為「西魏」；而高歡另立孝靜帝元善見，遷都於鄴，是為「東魏」。所以自西元五三五年開始，便分裂成兩個對立的國家。這兩個國家，後來都被權臣所篡：東魏孝靜帝被高歡的兒子高洋強迫禪位，高洋改號為齊，史稱「北齊」或「高齊」；西魏至恭帝元廓（後恢復本姓為拓跋廓）時，被宇文覺強迫禪位，宇文覺改號為周，史稱「北周」或「宇文周」。

迨❶至隋❷，一土宇❸，不再傳❹，失統緒❺。

【注釋】

❶迨 及；等到。

❷隋 朝代名（西元五八一～六一八年）。北周時楊堅受封於隨，後起而篡周，滅陳、梁

而有天下。因隨字從辵，有奔走不寧之意，故改隨為隋，並定為國號，是為隋文帝。都大興（今陝西長安）。疆域東至於海，西至甘肅、四川，南到越南，北至內蒙南部。由於堅子煬帝驕奢荒暴，天下大亂，再傳恭帝，終為李淵所篡。共四世四主，三十七年。

❸一土宇　統一天下。一，當動詞用，是統一、一統的意思。土宇，即國土、封疆。

❹不再傳　不再傳位。指隋文帝只傳了煬帝，隋朝就滅亡了。

❺失統緒　喪失國統緒業。統，指世代繼承不絕的統系。緒，指事業。

【語　譯】

直到楊堅建立了隋朝，才統一了天下，但隋朝只傳了一代，國祚就結束了。

【說　明】

此四句敘述隋朝的建立與滅亡。

北朝的周、齊本來是對峙的，後來周滅了齊，統一北方。至西元五八一年，為楊堅所篡。楊堅（即隋文帝）本來是北周的宰相，也是北周宣帝的岳父。他篡位後，又滅了南朝的陳，統一天下，結束了南北對立的局面。他勤政愛民，節儉務實，能知民生疾苦。但是他因故廢了太子楊勇，改立次子楊廣為嗣，沒想到楊廣（即煬帝）野心很大，竟然弒父殺兄；即位後，荒淫無道，窮兵黷武，所以天下大亂，群雄並起。煬帝於南遊廣陵時，被臣下宇文化及所殺。後來李淵攻入長安，又立了煬帝孫楊侑（即恭帝）為帝，不久又廢掉他，隋朝遂亡。如果連恭帝算上，隋朝是傳了四主，但本書說「不再傳，失統緒」，顯然是不把李淵所立的恭帝計算在內。

唐高祖❶，起義師❷，除隋亂，創國基❸。

【注釋】

❶唐高祖　唐代開國君主（西元五六六～六三五年）。姓李，名淵，字叔德，隴西成紀（今甘肅天水）人。本仕隋，襲爵封唐公，任太原留守。隋朝末年，王室衰微，天下大亂，各地平民起義，淵與子建成、世民等起兵晉陽，攻入長安，次年自立稱帝，國號唐，年號武德。統一國內後，征服突厥和西域諸邦，威名遠播。在位九年，傳給世民，自稱太上皇，不問國政。貞觀九年崩，廟號高祖。

❷義師　正義之師。即為正義而戰的軍隊。

❸國基　國家的根基。

【語　譯】

唐高祖李淵，倡義起兵，平定了隋末的紛亂，創建了唐王朝的根基。

【說　明】

此四句敘述唐朝的興起。

唐高祖李淵，本來也是北周的官，世襲為「唐國公」。隋朝末年，蕭銑、李密、王世充、竇建德、薛舉、李軌等，紛紛競起，天下大亂。當時淵為太原留守，他的次子世民，素具雄心，乘機勸他舉事，於是他攻入長安，尊奉當時的代王楊侑為帝，是為恭帝。西元六一八年，煬帝遇害，淵逼恭帝禪位，改元武德，國號唐，是為唐高祖。其後陸續平定群雄，建立了唐朝立國的基業。

唐朝是中國歷史上第二個盛世（第一個盛世為漢朝），高宗前期的版圖，東至朝鮮半島北部，南到今越南東北部，西至天山南北路和蔥嶺以西地區，西南至今青海中部、川康邊區和雲南東北部，北至大漠南北地區。無論文治、武功，都十分興盛，在內政方面，有貞觀（太宗年號，觀音ㄍㄨㄢˋ）、開元（玄宗年號）之治，對外則北伐突厥，經略西域，平定高麗，通使日本，其他鄰國如天竺、南詔、占婆、真臘等國，也都跟著歸順。玄宗天寶末年，因安史之亂而漸趨衰微，憲宗時一度中興，但是此後內宮有宦官擅權，外廷有牛（僧孺）、李（德裕）黨爭，加以藩鎮割據，威脅朝廷，故傳至昭宗時，為朱全忠所弒，另立哀帝，後逼哀帝遜位，唐朝遂亡，凡十四世二十主，共二百九十年。

二十傳❶，三百載❷，梁❸滅之，國乃改。

【注 釋】

❶傳 指傳承帝位。

❷三百載 唐朝共二百九十年，取其整數，故稱三百年。

❸梁 朝代名。即後梁（西元九〇七～九二三年）。五代之一。朱全忠篡唐稱帝，改國號為梁。建都汴（音ㄅㄧㄢˋ，今河南開封），史稱後梁。疆域有今河南、山東及河北、陝西、湖北的一部分。梁與後唐的前身後晉，時有戰爭。朱全忠死後，諸子爭位，骨肉相殘，後被後唐李存勗（ㄒㄩˋ）所滅。共二世三主，十七年。

【語 譯】

唐代傳了二十位皇帝，國祚將近三百年，後為朱全忠所篡，國號就改為梁了。

【說明】

此四句說明唐朝帝位的承傳、國祚與滅亡。

「二十傳」，指唐代歷經高祖、太宗、高宗、中宗、睿宗、玄宗、肅宗、代宗、德宗、順宗、憲宗、穆宗、敬宗、文宗、武宗、宣宗、懿宗、僖宗、昭宗、哀帝二十主，但是必須一提的是：自高宗中葉開始，朝政漸落入皇后武則天的手中，到西元六八四年，廢中宗而立睿宗，以太后稱制，六九〇年，更自即帝位，稱「聖神皇帝」，改國號為周。直到七〇五年，才由中宗復位，唐的國號，才得恢復。總計武后掌握政權前後凡四十六年，其中以皇后身分預政共二十四年，太后稱制共七年，稱帝共十五年。由於《新唐書》和《舊唐書》都把這段歷史列入「則天皇后本紀」（《新唐書》作「則天順聖武皇后本紀」）中，所以史家多把「武周」歸入唐史的範圍。但是本書說唐朝的歷史共「二十傳」，則顯然沒把「武周」時代算在裡面。

梁唐晉❶，及漢周❷，稱五代❸，皆有由❹。

【注釋】

❶唐晉　唐和晉。唐，朝代名（西元九二三～九三六年），五代之一。李存勗所建，都洛陽，國號唐，史稱後唐。李存勗驍勇善戰，併滅岐和前蜀，領土在五代中最為廣大；後漸荒恣，疏於朝政，被李嗣源取而代之，最後滅於後晉。共二世四主，十四年。晉，朝代名（西元九三六～九四六年），五代之一。石敬瑭叛後唐，勾結契丹，滅唐自立，改國號為晉，遷都汴，史稱後晉。石敬瑭乃契丹所立的兒皇帝，並割燕雲十六州贈予契丹。子出帝繼位後，對契丹拒不稱臣，為契丹所併滅。共二世二主，十一年。

❷漢周　漢和周。漢，朝代名（西元九四七～九五〇年）。五代之一。契丹滅後晉後，入主中原，不久即北還。河東節度使劉知遠在晉陽（今山西晉源）起兵，隨即在開封稱帝，改國號為漢，史稱後漢。據有河北諸鎮。傳隱帝，後為郭威所篡。共二世二主，四年。周，朝代名（西元九五一～九六〇年）。五代之一。西元九五一年，後漢隱帝被殺，又值契丹來侵，鄴郡留守郭威奉太后命出兵抗敵，軍隊到澶州時，威發動兵變，

自立為帝，改國號為周，都汴（今河南開封），史稱後周。養子柴榮繼位，是為周世宗，文治武功為五代君主中最卓著者。後突染重病去世，恭帝繼位，趙匡胤（ㄧㄣˋ）發動兵變，建立宋朝，國遂亡。共三世三主，十年。

❸五代　五個朝代。指後梁、後唐、後晉、後漢及後周。自西元九〇七至九六〇年。

❹由　因由。

【語　譯】

梁、唐、晉、漢、周，這五個朝代稱為五代，它們的興衰都是有因由的。

【說　明】

此四句敘述五代的迭興。

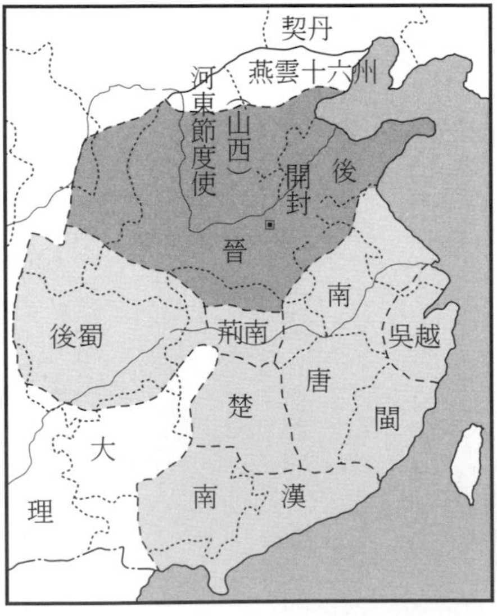

五代形勢圖

唐朝末年，黃巢作亂，最後雖被王室平定，可是唐帝國的頹勢已經無法挽回，終為梁王朱溫所篡，改國號為梁，定都於汴，從此便進入了「五代十國」的時代。由於梁唐晉漢周五個朝代的名稱，在前代的歷史上都已出現過，所以後人在每代的名稱前面，加上「後」字以為區別。但是這五代的版圖，都只限於黃河下游及渭水下游一帶，政治中心也都在今開封、洛陽附近，在它們的領域之外，還有許多割據一方的政權，史稱「十國」。所謂「十國」，是指吳、前蜀、吳越、楚、閩、南漢、荊南、後蜀、南唐、北漢。它們的興起和滅亡的年代，也不相同，其中有些是同時並存，有些則是承遞而起。雖然十國和五代在當時都同是獨立的政治單位，但是史家都只將梁、唐、晉、漢、周五代視為唐亡以後傳承的正統。

129 文正

炎宋[1]興，受周禪[2]，十八傳，南北混[3]。

【注釋】

❶炎宋　宋朝的別稱。宋人認為趙氏受命為帝王正值五行的火運，具有火德，故稱炎宋。秦漢時陰陽家有五德之說，即以金、木、水、火、土五行相生相剋的道理來附會帝王朝代的更替和人事的興衰，其源始於戰國時齊人鄒衍。五代末，後周恭帝繼世宗即位，禁軍領袖殿前都點檢趙匡胤，在陳橋驛發動兵變，取代後周稱帝，國號宋，是為宋太祖，並先後平定群雄，結束了五代以來擾攘的局面。

❷受周禪　接受後周恭帝的禪讓。禪，即禪讓。指帝位不傳子孫而讓給有才德的人。古代王者受命，則有封禪（封為祭天，禪為祭地），故稱傳位給賢者為禪。

❸南北混　南北，指南方和北方。混，合；統一。

【語譯】

趙匡胤接受後周恭帝的禪讓，建立宋朝，北宋和南宋共傳了十八位君主之後，天下就被元朝所統一。

【說明】

此四句敘述兩宋的興衰。

宋朝的開國皇帝趙匡胤，本來是後周的大官，官拜「殿前都點檢」，統御禁軍。西元九六〇年，朝廷命他率兵伐遼，大軍行至開封以北不遠的陳橋驛，發生兵變，軍士一致擁戴匡胤為天子，這就是歷史上有名的「陳橋驛兵變」。匡胤在部隊簇擁下返回京師，接受後周的禪讓（實際上是逼後周恭帝遜位），改國號為宋，是為宋太祖。

宋朝自太祖即位，都汴京（今河南開封），歷經太宗、真宗、仁宗、英宗、神宗、哲宗、徽宗、欽宗七世九主，一百六十八年，史稱北宋。疆域除河北、山西兩省的北部和雲南、貴州兩省的南部外，並領有長城以南各省。北宋自開國以來，內憂外患，相繼不絕，加上在政治上採中央集權、重文輕武的制度，因此積弱不振。神宗時王安石的變法，更導致新舊黨爭，使得元氣大傷，屢遭外侮。西元一一二六年靖康之難，徽、欽二帝為金人所擄，康王構南渡稱帝，在臨安（今浙江杭州）即位，自後北方遂為金人所盤踞，南宋領土只剩淮、漢以南一帶，加以權臣弄政，國力更弱。高宗以後，歷經孝宗、光宗、寧宗、理宗、度宗、恭帝、端宗、衛王（即帝昺）七世九主，一百五十三年，史稱南宋。兩宋共十八傳。而自南宋中葉先後，由於蒙古人勢力日漸擴大，先在西元一二三四年併吞北方的金，又於一二七九年滅了南宋，建立元朝，於是南北再度統一。

又，坊本此四句後有「遼與金，皆稱帝。元滅金，絕宋世。輿圖廣，超前代。九十年，國祚廢。太祖興，國大明。號洪武，都金陵。迨成祖，遷燕京。十七世，至崇禎。閹亂後，寇內訌。闖逆變，神器終。清順治，據神京。至十傳，宣統遜。舉總統，共和成。復漢土，民國興。」一段，敘述自元代至民國創立的歷史，內容雖較周全，但已非《三字經》的原貌了。

十七史❶，全在茲❷。載治亂❸，知興衰。

【注 釋】

❶十七史 指《史記》、《漢書》、《後漢書》、《三國志》、《晉書》、《宋書》、《南齊書》、《梁書》、《陳書》、《魏書》、《北齊書》、《周書》、《隋書》、《南史》、《北史》、《唐書》、《五代史》等十七部史書。

❷茲 此；這裡。

❸治亂 太平與紛亂。

【語 譯】

截至宋以前的史書，共有十七部，歷代發生的史事都在其中。它記載著世代的太平與動亂，讀了它便可以明白國家興盛和衰亡的道理。

【說明】

此四句總論十七史的內容和價值。

「十七史」三字，可以有兩種說法：一指十七種史書，一指十七個時期或朝代的歷史。二說各有優劣。

說「十七史」是指史書，著眼點是「載治亂」的「載」字。由於《宋史》成於元末，倘若《三字經》是宋末元初的人所作的，自不應將《宋史》算入「十七史」內，可是上文又明明提及宋代歷史，理應包括《宋史》才對；另一方面，有關唐代及五代的正史，都各有兩種，以唐史來說，有《舊唐書》及《新唐書》；以五代史來說，有《舊五代史》與《新五代史》。若說重複的不算，則《南史》所記載的範圍，與《宋書》、《南齊書》、《梁書》、《陳書》重複；《北史》又與《魏書》、《北齊書》、《周書》重複。所以無論如何，這都不是很完美的說法。

如果按照本書的文脈，似可將「十七史」說成十七個時代或朝代的歷史，分別是：「羲、農、黃帝」（三皇）、「堯、舜」（二帝）、「夏」、「商」、「周」、「春秋、戰國」、「秦」、「西漢」、「東漢」、「三國」、「晉」、「南朝」、「北朝」、「隋」、「唐」、「五代」和「宋」。可是這樣一來，又跟「載治亂，知興衰」二語不能相貫。經過再三斟酌，在注解和語譯中姑且採取第一種的解釋。

讀史者，考實錄❶。通古今❷，若親目❸。

【注釋】

❶實錄　真實的記載。此處指原始的史料。

❷通古今　指明白古今史實及演變的趨勢。司馬遷〈報任少卿書〉：「亦欲以究天人之際，通古今之變，成一家之言。」

❸親目　親眼目睹。

【語譯】

研讀歷史的人，還要進一步去稽考原始的史料，以便通曉古今歷史的真相以及演變、發展的原則。這樣，對於歷史上所發生的事件，就會像親眼見到一樣清楚明白。

【說明】

此四句說明讀史的方法，必須從可靠的文獻來考察；讀史的目的，除了鑑往知來，得到寶貴的教訓外，還要瞭解古今歷史演變的規律和發展的趨勢。唯有這樣，才能探得歷史的真相。

口而誦[1]，心而惟[2]，朝於斯[3]，夕於斯。

【注 釋】

❶而 用法同「以」。用來。

❷惟 思量；考慮。

❸斯 同「此」。代名詞，指讀書。

【語 譯】

研讀古書的時候，口裡唸出聲音，同時內心也要思考，並且要有恆心，早上讀，晚上也讀。

【說 明】

此四句指出讀書的要領。

讀書的時候，為了促進記憶，非但要開口唸出聲音，同時也要用腦筋來思考書中的義理。因為如果誦而不思，所讀的內容根本沒有進入大腦，那將會「不知所云」；對於古人的話語，如果不能用理智去判斷，而一味信從，那就是「人云亦云」了。無論是前者或後者，都不能讓我們獲得真正的知識。此外，讀書最怕的是一曝十寒，所以我們要持之以恆，反覆誦讀，才能深入瞭解。古人說：「讀書百遍，其義自見。」正是這個道理。

昔仲尼❶，師項橐❷，古聖賢❸，尚勤學。

【注　釋】

❶仲尼　即孔子（西元前五五一～前四七九年）。春秋時魯國陬（ㄗㄡ）邑（今山東曲阜）人。名丘，字仲尼。生於周靈王二十一年，卒於周敬王四十一年。祖先是宋國的貴族。博學有聖德，曾問禮於老聃，學琴於師襄子。起初在魯國任司空的官，繼又做司寇，魯國大治。後因不被重用，遂周遊衛、宋、陳、蔡、楚各國，亦不為時君所用。晚年

回到魯國，論《詩》、《書》，作《春秋》。並聚徒講學，開啟私人講學的風氣。弟子三千人，身通六藝者有七十二人。後世尊為至聖先師。

❷項橐　春秋人。生平不詳。傳說七歲時曾為孔子老師。橐，也作槖、託。見《戰國策・秦策五》、《史記・七一・樗（ㄕㄨ）里子甘茂列傳》。

❸聖賢　聖人與賢者。指智慧、品德、才能達到最高境界的人。

【語　譯】

從前孔夫子曾經向七歲的神童項橐請教過，像他這種聖人賢者，尚且如此勤於學習。

【說　明】

自此四句以下舉出各種不同的例子，說明古人的好學，以激勵孩童。首先以孔子為例，指出就連學問淵博的聖賢，也都好學不倦。

根據《史記・孔子世家》記載，孔子嘗學鼓琴於師襄子，另據〈老子韓非列傳〉，他曾問禮於老聃，由此可見孔子的虛心好學；而從項橐的故事，更可見到孔子不恥下問的胸懷，孔子的風範與修養，真可作為我們的榜樣！

趙中令❶，讀魯論❷，彼既仕❸，學且❹勤。

【注釋】

❶趙中令　即趙普（西元九二二～九九二年）。宋幽州薊（今河北大興西南）人。字則平。是輔佐宋太祖趙匡胤建立王朝的功臣。累官至樞密使、中書令，故稱趙中令。太祖收回武將兵權，採行中央集權制，就是由他獻計的。太宗即位，為宰相，封魏國公。諡忠獻。普少習為官之事，對學術毫無研究，太祖勸他多讀書，故晚年手不釋卷，每日下朝回府，即閉門啟篋取書而讀。他死後，家人打開箱篋，發現有《論語》二十篇。真宗時，追封韓王。《宋史》有傳。

❷魯論　指《論語》。漢代《論語》有《齊論》、《魯論》、《古論》三種本子。《魯論》二

十篇，為魯人所傳。詳見前「論語者，二十篇」之【說明】。

❸仕 做官。

❹且 尚且；還。

【語譯】

宋朝的中書令趙普，經常研讀《論語》，他已經是做了大官的人了，還是那麼勤勉地追求學問。

【說明】

此四句以趙普為例，說明就連功業顯赫的宰相，也都好學不倦。

以上八句，在意義上是相銜接的，因為古人認為「立德」、「立言」、「立功」是人生最高的成就，稱為「三不朽」（見《左傳‧襄公二十四年》），所以作者舉孔子為「立德」、「立言」的代表，趙普為「立功」的代表，雖然他們都已經很有成就，但還是一樣的勤奮好學，所以古人說：「學無止境。」俗話也說：「活到老，學到老。」

此外，《論語》在漢代雖有《魯論》、《齊論》、《古論》之分，但是到西漢末年，張禹以《魯論》為主，兼採《齊論》之說，時號「張侯論」，東漢時鄭玄也是以此作為底本，並參照《齊論》、《古論》而作了《論語注》，後來魏何晏作《集解》，唐陸德明作《經典釋文》，也都參考三種本子。所以宋代趙普所讀的，其實不是真正的「魯論」，只因本書作者為與下文「勤」字叶韻，所以不用「論語」而改用「魯論」二字。

披蒲編❶，削竹簡❷，彼無書，且知勉❸。

【注釋】

❶披蒲編　劈斷蒲草葉編訂成冊，以為書寫。西漢鉅鹿人路溫舒，其父為里監門（守門的小吏），派路溫舒去牧羊，溫舒摘取水澤中的蒲草葉子，裁成小片，再編訂起來，然

後把借來的書抄寫在上面。事見《漢書・路溫舒傳》。披，剖；劈開。

❷削竹簡　將竹子削去竹皮，製成簡策。此句出典未詳。舊注說：「又有公孫弘，年五十矣，為人牧豕於寒竹林中，將竹削去青皮，借人《春秋》抄寫，以便誦讀。」（見《三字經註解備要》）

❸勉　努力。

【語　譯】

漢朝的路溫舒劈斷蒲草葉編訂成冊，以供抄書閱讀，公孫弘削去竹皮抄寫借來的《春秋經》，他們兩個人連書本都沒有，尚且這麼努力讀書。

【說　明】

此四句以路溫舒等為例，勉人不可因環境困乏而放棄求取學識。

古人在懂得造紙以前，大多使用竹簡、木牘或繒帛來作為書寫工具。窮困之家，非但買不起繒帛，就連簡、牘也不易獲得。苦學之士既無書可讀，因此千方百計自製編、簡，學習環境的艱難可以想見。我們今日的學習環境，勝於古人千百倍，如果還不知用功讀書，那真是愧對古人了。

頭懸梁❶，錐刺股❷，彼不教❸，自勤苦。

【注釋】

❶頭懸梁　把頭髮拴在屋梁上，強迫自己不打瞌睡。指孫敬的故事。孫敬是晉朝信都（今河北冀縣）人，十分好學，為避免晚上讀書時打瞌睡，便把頭髮拴到屋梁上，這樣一打盹，就會扯動頭髮而痛醒過來。見《太平御覽・六一一》引晉人張方《楚國先賢傳》。

❷錐刺股　用錐子刺大腿，以消除睡意。指蘇秦的故事。蘇秦是戰國時洛陽人，他到秦國去遊說，希望求取官職，但秦王不用他，他落魄地回至家中，妻子和嫂嫂都對他面帶不屑，於是他發憤讀書，夜讀疲倦想睡時，便用錐子刺大腿。見《戰國策・秦策一》。

❸不教　不待教。指不用別人教導。

【語譯】

晉朝有個孫敬，每天都唸書唸到很晚，為了怕睡著，便把頭髮拴在屋梁上；戰國時代也有個蘇秦，發憤讀書，為了消除睡意，便用錐子刺大腿。他們兩個人不用別人教訓督導，就知道要勤奮苦讀。

【說明】

此四句及下四句均以古人苦學之例勉勵後學。

人在精神不振的時候，難免會昏昏欲睡，但是有毅力的人，會想出種種方法來鞭策自己，不讓自己有怠惰的機會。本書舉出孫敬、蘇秦為例，說明古人刻苦發憤的情形。現代的學生，其實只要早睡早起，並且善於分配時間，讀起書來，將會更有效率，萬一真要在深夜用功，我們也可以用別的方式（如運動、沐浴等）來達到提神的目的。所以我們應該學習的，是古人那種不屈不撓的讀書精神，而不是他們所用的辦法。

如囊螢❶，如映雪❷，家雖貧，學不輟❸。

【注釋】

❶囊螢　用袋子裝螢火蟲，取光讀書。指車胤的故事。車胤是東晉時南平（今湖北公安東北）人，勤學不倦，因家貧，不能常常買油來點燈讀書，夏天的夜裡，就用透光的紗囊裝了許多螢火蟲，以供照明。後官至吏部尚書，封臨湘侯。《晉書》有傳。

❷映雪　利用雪光的反照來讀書。指孫康的故事。孫康是晉京兆（今陝西長安東）人，家貧，買不起油來點燈，冬夜常藉雪光苦讀。後官至御史大夫。見後晉李瀚《蒙求・孫康映雪》。

❸輟　停止；中斷。

【語譯】

像晉朝的車胤，用紗袋裝了螢火蟲，藉螢火的光來讀書；又像孫康，冬天的晚上常利用雪地反射的光來苦讀。他們二人家境雖然貧窮，仍然不停止學習。

【說明】

生活條件的富足與貧困，與求學的決心、毅力並無必然的關係，所以意志堅定的人，縱使家境清寒，也可以透過各種方法來讀書求學，將來也可以有所成就；而一般家庭的孩童們，擁有良好的讀書環境，無憂無慮，更應該把握機會，上進不懈。

如（ㄖㄨˊ）負（ㄈㄨˋ）薪（ㄒㄧㄣ）❶，如（ㄖㄨˊ）掛（ㄍㄨㄚˋ）角（ㄐㄧㄠˇ）❷，身（ㄕㄣ）雖（ㄙㄨㄟ）勞（ㄌㄠˊ）❸，猶（ㄧㄡˊ）苦（ㄎㄨˇ）卓（ㄓㄨㄛˊ）❹。

【注釋】

❶負薪　背負薪柴。指朱買臣的故事。買臣是西漢會稽吳（今江蘇吳縣）人，字翁子。早歲家貧，靠賣柴維生。喜好讀書，常肩挑柴薪，邊走邊讀。後官至丞相長史（輔佐宰相的幕僚官）。《漢書》有傳。

❷掛角　掛書於牛角上。指李密的故事。李密是隋朝人，字玄邃，一字法主，京兆（今陝西長安東）人。小時候有志向學，想前去緱（ㄍㄡ）山拜包愷（ㄎㄞˇ）為師，去時坐在牛背上，牛角上掛一部《漢書》，一面走一面讀。後聚眾起義，被推為王。《新唐書》有傳。

❸勞　勞苦。

❹苦卓　在勞苦中卓然自立。《句釋》本作「苦學」。

【語譯】

像西漢時朱買臣，靠賣柴為生，常常背負著薪柴，一邊走一邊讀書；又像隋末的李密，當他長途跋涉前去拜師時，在牛角上掛著一部《漢書》，一面趕路一面閱讀。他們的身體雖然十分勞累，卻仍然能夠在勞苦中發憤自立，用功讀書。

【說明】

此四句以漢朱買臣及唐李密為例，說明力圖上進的人絕不會放過任何學習的機會。

他們兩人雖然一邊做事，一邊讀書，身體十分勞累，但是還是能堅持下來，何況是不必工作、可以專心求學的學生呢？

蘇老泉❶，二十七，始發憤❷，讀書籍。

【注釋】

❶蘇老泉　即蘇洵（西元一〇〇九～一〇六六年）。北宋文學家，字明允，號老泉，四川眉山人。二十七歲才開始努力讀書，後得歐陽脩推薦為官，以文章著名於世，為唐宋八大家之一。見《宋史・文苑傳》。

❷發憤　自感有所不足而力求精進。

【語譯】

宋朝有位蘇洵，號老泉，二十七歲了，才下定決心力求上進，努力閱讀各種典籍。

【說明】

此四句說明只要立志勤奮用功，年齡的大小並不重要。換句話說：真要讀書求學，永遠不嫌太遲。就像蘇洵，到二、三十歲才發憤向上，也可以有所成就，何況是深具發展潛力的小孩子呢？

彼既❶老❷，猶悔遲❸；爾❹小生❺，宜早思。

ㄅㄧˇ ㄐㄧˋ ㄌㄠˇ　ㄧㄡˊ ㄏㄨㄟˇ ㄔˊ　ㄦˇ ㄒㄧㄠˇ ㄕㄥ　ㄧˊ ㄗㄠˇ ㄙ

【注 釋】

❶既 已；已經。

❷老 老大。指年歲不小。

❸遲 晚。

❹爾 與你、汝、女、而同義。這裡指「你們」。

❺小生 後生小輩。

【語 譯】

蘇洵年歲已經不小，還後悔自己讀書太晚；你們這些後生小輩，年紀輕輕，應該早作打算。

【說 明】

此四句承接上四句，訓勉孩童應及早努力。

我們在年輕時候記憶力強，又有父母照顧，不必為生活發愁，讀書求學自然事半功倍。所以有志向的人，應該把握機會，及早努力。

若梁灝❶，八十二，對大廷❷，魁多士❸。

【注釋】

❶梁灝 《宋史》作「梁顥」。宋鄆（ㄩㄣˋ）州須城（今山東東平東）人，字太素。太宗雍熙二年（西元九八五年）進士，殿試第一。曾做過右諫議大夫、同知審官院等官，真宗景德元年（西元一〇〇四年），權知開封府，後得病而卒。有文集十五卷。《宋史》本傳說他九十二歲。

❷對大廷 對，應答。大廷，朝廷。

❸魁多士 魁，首選；第一。用作動詞，猶言冠。多士，眾多人才。

【語譯】

就像宋朝的梁灝，他到八十二歲才中進士，而且在廷試時脫穎而出，成為狀元。

【說　明】

此四句以梁灝大器晚成為例，鼓勵孩童讀書要有毅力。

梁灝八十二歲中狀元的說法，見於宋人孔平仲《談苑・二》及范正敏《遯齋閒覽》，而《宋史》本傳說他在雍熙二年（西元九八五年）中狀元，景德元年（西元一〇〇四年）卒，年九十二，換言之，是認為他七十三歲中狀元。可是這些說法，都很有問題，根據宋人王稱《東都事略・四七・梁顥傳》及洪邁《容齋四筆・一四》，梁氏卒年應為四十二歲。另據李心傳《建炎以來朝野雜記・甲集九・故事》「狀元年三十」以下數條，梁灝中狀元時，年二十三。明俞正燮《癸已存稿・八》「書宋史梁顥傳後」更綜合各種資料，證明此說確實可信。因此，近人章炳麟在重訂《三字經》時，也刪去梁灝的故事，而改為：「若荀卿，年五十，遊稷下，習儒業。」

所以，我們讀古書時，切不可人云亦云，而應慎思明辨；至於本書作者雖然錯用了典故，但是他的用意是要告訴我們：讀書求學，永遠不會嫌晚，只要肯努力上進，總會有成功的一天！

彼❶既成❷，眾稱異❸；爾小生，宜立志。

【注釋】

❶彼　他。指梁灝。

❷成　成就。指功名得就。

❸異　奇特不凡。

【語譯】

像梁灝年紀這麼大了還能考取功名，大家都說他奇特不凡；你們年紀輕輕，更應該趁早立下志向，努力用功。

【說明】

此四句以梁灝為例，勉勵孩童立志。因為梁灝能夠大器晚成，後生小輩若能立志發憤，將來的成就當不可限量。

瑩❶八歲，能詠詩❷；泌❸七歲，能賦碁❹。

【注釋】

❶瑩　指祖瑩。字元珍，北齊范陽遒（音ㄑㄧㄡˊ，今河北淶（ㄌㄞˊ）水北）人。八歲能誦《詩經》、《尚書》。十二歲時為中書學生，喜讀書，內外親屬都叫他「聖小兒」。因有才名，拜為太學博士，後來屢次升官，曾任國子祭酒、領給事黃門侍郎、幽州大中正、

祕書監、車騎大將軍。死後，追封為尚書左僕射（ㄧㄝˋ）、司徒公。《北史》有傳。

❷詠詩 此處指詠誦《詩經》。咏，同「詠」。

❸泌 指李泌。字長源，唐京兆（今陝西長安東）人。七歲能寫文章。一日，玄宗皇帝與燕國公張說（ㄩㄝˋ）下棋，召泌到宮廷來，要試試他的才學。張說請他發揮「方圓動靜」四字的意義，並先舉一例說：「方若棋局，圓若棋子；動若棋生，靜若棋死。」泌隨口回答說：「方若行義，圓若用智；動若騁材，靜若得意。」張說譽為奇童，帝賜東帛。天寶中，以翰林供奉東宮，歷仕玄、肅、代、德四朝，於德宗時拜相。《舊唐書》、《新唐書》都有傳。

❹賦碁 借用棋法說理。賦，鋪陳申述。碁，同「棋」。

【語　譯】

北齊祖瑩，八歲就能詠誦《詩經》；唐朝李泌，七歲就懂得借棋道來說明道理。

【說　明】

此四句以祖瑩及李泌能詠《詩》賦棋為例，說明小孩若能及早用功，就會有傑出的表現；長大以後，也可以建功立業，名垂後世。

彼穎悟❶，人稱奇❷；爾幼學❸，當效❹之。

【注 釋】

❶穎悟 聰慧過人。

❷奇 特異；不平凡。

❸幼學 初入學。

❹效 學習；效法。

【語 譯】

他們聰慧過人，大家都稱讚他們是奇才；你們初入學的人，應當拿他們作為榜樣。

【說　明】

此四句勉人要以祖瑩和李泌為模範。

雖然祖瑩和李泌自小就聰穎過人，讓我們又羨慕又佩服，但是顏淵曾經說過：「舜何人也？予何人也？有為者亦若是。」（見《孟子・滕文公上》）只要我們見賢思齊，努力上進，將來的成就也是不可限量的。而且，在現代社會中，個人發展的途徑遠比古人寬廣得多，我們只要能有一種技能、一門學問超越眾人，就足以出人頭地，成為有用之才，所以我們不必擔心自己的聰明智慧不如人家。最重要的，是要效法古今偉人，立大志，做大事，瞭解自己的性向、興趣及才華之所在，將潛力發揮出來，同時能夠虛心學習，努力不懈。將來事業的領域或成就雖然各不相同，但都可以安身立命，對國家民族有很大的貢獻。

蔡文姬❶，能辨琴❷；謝道韞❸，能詠吟❹。

ㄘㄞˋ ㄨㄣˊ ㄐㄧ　ㄋㄥˊ ㄅㄧㄢˋ ㄑㄧㄣˊ　ㄒㄧㄝˋ ㄉㄠˋ ㄩㄣˋ　ㄋㄥˊ ㄩㄥˇ ㄧㄣˊ

【注釋】

❶蔡文姬　即蔡琰（約西元一六二～二三九年）。東漢女詩人。字文姬，蔡邕之女。博學有才辯，又精通音律。初嫁河東衛仲道，夫死無子，回到娘家。興平年間，天下大亂，文姬為匈奴騎兵擒獲，嫁給南匈奴左賢王，在胡地住了十二年，生二子。後來曹操把她贖回，不久再嫁董祀。有〈悲憤詩〉二篇傳世，相傳樂府琴曲〈胡笳十八拍〉也是文姬所作。見《後漢書．列女傳．董祀妻》。

❷能辨琴　能夠辨識琴音。史書記載：一日蔡邕在家彈琴，第二根絃突然斷了，文姬在旁說：「斷的是第二根絃。」蔡邕認為她只是碰巧猜中罷了，於是又故意彈斷一絃，文姬說：「第四根絃。」說得一點不差。見《後漢書．列女傳．又妙於音律．注》引劉昭《幼童傳》。

❸謝道韞　東晉才女。謝奕之女，嫁與王凝之為妻。聰敏多識，有才智，善於辯說。神情散朗，舉止閒雅。工詩文，惜多亡佚。見《晉書．列女傳．王凝之妻謝氏》。

❹能詠吟　指能作詩。《晉書・列女傳》記載：一日家人齊聚，適逢大雪飄飛，叔父謝安問大家：「這景象像什麼啊？」姪兒謝朗說：「散鹽空中差可擬。」道韞說：「未若柳絮因風起。」安大悅。於是大家都稱她為「詠絮才」。咏，同「詠」。

【語　譯】

東漢的蔡文姬，能夠辨識琴音；東晉的謝道韞，能夠出口成詩。

【說　明】

此四句以蔡文姬、謝道韞為例，說明女子中也有才智不凡者。

自古以來，聰明多識，工於詩文的才女不知凡幾，但由於禮教的束縛，她們的求學過程往往加倍的艱苦，成效卻相對的得來不易。這些才女的事跡，少數幸運地被收入史書的〈列女傳〉中，大部分都已失傳了。

彼女子，且聰敏❶；爾男子，當自警❷。

【注釋】

❶聰敏　聰明敏慧。

❷自警　自我警惕。

【語譯】

她們是女孩子家，尚且聰明敏慧；你們身為男子，更應當自我警惕。

【說明】

此四句勉勵男孩子要奮發向上，才能跟女孩子並駕齊驅。

在古代社會中，由於男女並非平等，甚至認為「女子無才便是德」，所以一般家庭都不鼓勵女孩識字讀書，而書塾所收的學生，也都只有男孩，本書「彼女子……爾男子……」云云，便是基於這種社會情況而說的。可是，由於時代的進步，「男女平等」已經成為一種普遍的觀念，而男、女的體型、性情固然有別，但是女子的才智並不在男子之下，所以不論男女，對於國家都可能有很大的貢獻；對於父母來說，兒子也好，女兒也好，都應該將他（她）培育成才。換言之，在現代的社會中，男女完全是公平競爭，如果真有差別，也只是由於個人的興趣、毅力、用功程度和環境不同所致。

唐劉晏❶，方❷七歲，舉神童❸，作正字❹。

【注釋】

❶劉晏　唐朝政治家。字士安，曹州南華（今河北東明）人。年七歲，通過神童科考試，受封在掌管圖書的祕書省裡做「正字」的官。後遷為夏縣令，有賢能之名。玄宗天寶

中舉賢良方正制科，歷肅宗、代宗朝，官至吏部尚書、平章事，並管理財政達二十年，貢獻很大。《新唐書》、《舊唐書》都有傳。

❷方　才；剛。

❸舉神童　指通過神童科考試。神童，唐代科舉考試名目之一。唐代設童子科，赴考者稱應神童試。凡十歲以下能通一經及《孝經》、《論語》，每卷背誦經文十篇的就賜予官職，能背誦七篇的便賜予錄用資格。見《文獻通考・選舉考八》。

❹作正字　做「正字」的官。正字，官名，掌理校讎典籍、刊正文字等事務。唐時屬祕書省。

【語　譯】

唐朝劉晏，才七歲就通過童子科的考試，做了正字的官。

【說　明】

此四句以唐朝劉晏為例，說明孩童只要有才學、肯努力讀書，也可以立功成名，報效國家。

彼雖幼，身已仕；爾幼學，勉而致❶。

【注釋】

❶致 到達。

【語譯】

他雖然年紀小，卻已經任職為官；你們初入學的人，只要勤勉努力，也是可以做得到。

【說明】

此四句承接上文，勉勵學子不可妄自菲薄。年輕小子如果肯努力、肯吃苦，也可以獲得很高的成就。

有為者❶，亦若是❷。

【注 釋】

❶有為者 有志氣、肯努力的人。《孟子．滕文公上》：「顏淵曰：『舜何人也？予何人也？有為者，亦若是。』」

❷若是 像他們一樣。是，此。指能像上述諸聖賢一樣留芳百世。

【語 譯】

有志氣、肯努力的人，也都可以像他們一樣留芳百世，名垂千古。

【說 明】

大發明家愛迪生曾經說過：成功是靠「百分之九十八的辛勤血汗，加上百分之二的天才靈感」，這樣說來，努力奮鬥是成功與否的最大關鍵。因為我們一般人的智慧，其實都不會相差太多，所以，別人能夠成功，按理說你也應該可以做到，問題是在於決心、毅力是否足夠而已。

犬守夜❶，雞司晨❷；苟不學，曷❸為人❹？

【注 釋】

❶守夜　在夜間守備。

❷司晨　負責報曉。

❸曷　何。

❹為人　是人；稱為人。

【語　譯】

犬在夜間守備，雞在天將亮時報曉；如果人不曉得讀書上進，沒有知識本領，連雞犬都不如，還有什麼資格稱作人呢？

【說　明】

雞和犬都是畜牲，但卻懂得為人類服務，成為人類的好幫手。我們人類號稱萬物之靈，但是如果不知長進，甚至危害社會，真是連雞、犬都不如了。所以我們從小要讀書求學，並虛心聽從師長的教誨，在修養品德和求取學問兩方面下苦功，將來才能成大器，為國家民族貢獻一己的力量。

蠶（ㄘㄢˊ）❶吐（ㄊㄨˋ）絲（ㄙ），蜂（ㄈㄥ）釀（ㄋㄧㄤˋ）蜜（ㄇㄧˋ）❷；人（ㄖㄣˊ）不（ㄅㄨˋ）學（ㄒㄩㄝˊ），不（ㄅㄨˋ）如（ㄖㄨˊ）物（ㄨˋ）❸。

【注釋】

❶蠶 一種能吐絲結繭的蟲，是蠶蛾的幼蟲，所吐的絲可製成高級織物。蠶初孵化時極小，經四次脫皮便長大到四至五公分。每次脫皮時體微透明，停止活動，也不食桑葉，稱為蠶眠。第五齡後一週，即吐絲製繭而化為蛹，再經過一段時間便成蠶蛾，破繭而出。

❷蜂釀蜜 蜜蜂將所採回的花蜜和花粉吐在蜂巢中，加以貯存，等它發酵及濃乾後，用蠟封起來，即成蜂蜜，以備冬天食用。人們把蜂巢裡的蜜取來，以供食用及藥用。

❸物 動物。指蠶和蜂。

【語譯】

蠶吐出絲來，可供人類作衣料，蜜蜂採花釀蜜，可供人類食用；人如果不肯勤學，無益於世，那就連蠶、蜂這樣的小動物都不如了。

【說明】

在動物中，非但雞犬能夠為人服務，就連蠶、蜂等小動物都知道辛勤工作，自食其力，所以我們每一個人，都必須讀書成材，才可以生活在天地之間，俯仰無愧。

幼而學，壯❶而行❷。上致君❸，下澤民❹。

【注釋】

❶壯　大；長大。

❷行　做；力行；實踐。《孟子・梁惠王下》：「夫人幼而學之，壯而欲行之。」

❸致君　指輔助君主，以達於清明之治。節用杜甫〈奉贈韋左丞丈二十二韻〉詩：「致君堯舜上，再使風俗淳」詩意。「致」在這裡是「使之到達」的意思。

❹澤民　恩澤施於百姓。即造福人群。

【語譯】

一個人在年紀小的時候努力讀書，長大後要實踐所學的道理。對上輔弼元首、報效國家，對下能造福人群。

【說明】

此四句說明每個人都要為社會、國家服務。

「致君」與「澤民」，都是從前君主專制時代的口吻，從現代的觀念來說，那就是：報效國家，造福人群。

求學的目的，固然是要求取學識，以提升個人生命的層次，另一方面，也希望能夠學有所用，以回饋國家、社會。我們一切的成就，從大的方面來說，可以報效國家，為國爭光，從小的方面來說，也可以嘉惠大眾，造福社會。比方說，科學家發明了新事物、新產品，取得世界專利權，非但為國爭光，也可以增進全人類的生活品質，這就是所謂「學以致用」了。

揚名聲❶，顯❷父母。光於前，裕於後❸。

【注釋】

❶名聲　名譽；聲望。

❷顯　顯揚；榮顯。

❸光於前二句　即光前裕後。指光耀祖宗而恩澤流傳及於後世。光，榮耀；光耀。前，指祖先。裕，富足有餘；饒多。指福蔭。後，指後世子孫。

【語譯】

這樣不但宣揚了自己的名譽聲望，同時也讓父母親得到光榮。而且，能光耀祖宗，福蔭後代子孫。

【說明】

此四句說明孝道的最高目標。

我們立身行道，固然不是為了博取別人的讚譽，但是當我們事業有成，別人也會對我們的成就予以肯定和讚美。我們的父母看到有子成材，能夠頂天立地，耀祖光宗，知道心血並沒白費，當然會感到十分的安慰，所以《孝經》上說：「立身行道，揚名於後世，以顯父母，孝之終（最高的境界）也。」

另一方面，人類能夠不斷進步，完全在於智慧與經驗的累積。我們今日的種種成就，完全是建立在祖先的成果上，因此，我們也有責任為後世子孫謀福利，絕不能向歷史交白卷。這就是宋儒張載所說「為往聖繼絕學，為萬世開太平」的意思。唯有一代一代的承先啟後，將智慧與經驗薪火相傳，人類的文明才會不斷地進步與發展。

人遺❶子，金滿籯❷；我教子，惟一經❸。

【注釋】

❶遺 留給；存留。

❷籯 箱籠。

❸一經 《漢書‧韋賢傳》記載韋賢生性淳樸，篤志於學，兼通《禮》、《尚書》等經，以教授《詩》著名，號稱「鄒魯大儒」。宣帝時為丞相。少子玄成後來也以「明經」歷官至丞相。故鄒魯一帶的俗諺說：「遺子黃金滿籯，不如一經。」此處借指《三字經》。

【語譯】

一般人留給子孫的，是滿箱的金銀財寶；而我卻只留下這一部《三字經》，用來教導子孫好好讀書，明白做人的道理。

【說明】

此四句說明父母愛護子女，不在於給他們物質上的滿足，而要讓他們接受良好的教育。

一般人留傳給子孫的，可能是大量的財產，卻未必能保證他們將來生活無憂無慮，因為如果子孫不肖，或是遭逢戰亂，財富也是不可長保的。然而，一個有學識、有頭腦，而且謙恭勤儉，深受上司、朋友、同事敬重的人，無論世局如何多變，環境如何惡劣，他都能夠安身立命，有所發展。因此，唯有聰明的父母，才懂得如何培養子女，讓他們養成讀書的習慣，教導他們如何思考，並懂得待人接物的道理。這樣，他們就可以終身受用不盡了。

勤有功❶，戲❷無益❸。戒之哉❹，宜勉力❺。

【注釋】

❶功　成效；收穫。

❷戲　玩耍；嬉遊。

❸益　好處；益處。

❹戒之哉　要以這兩句話來警惕自己。戒，警戒；警惕。之，代名詞，指「勤有功，戲無益」。哉，語氣詞，相當於「啊」。

❺勉力　努力。

【語譯】

一個人勤奮讀書必然會有收穫，貪玩嬉遊是絕對沒有好處的。你們要拿這兩句話來警惕自己，應該時時勤勉努力才是。

【說明】

此四句再度勉人勤學，以作為全書的總結。我們每一個人，無論是聰明愚拙，只要勤勉好學，而且能持之以恆，必會有所進步；倘若一味嬉遊玩耍、無心向學，絕對不會有好處。所以作者拿「勤有功，戲無益」二語來勉勵學子，並且作為全文的結語。

附錄

壹、歷代帝系及在位年數表

一、夏帝系表

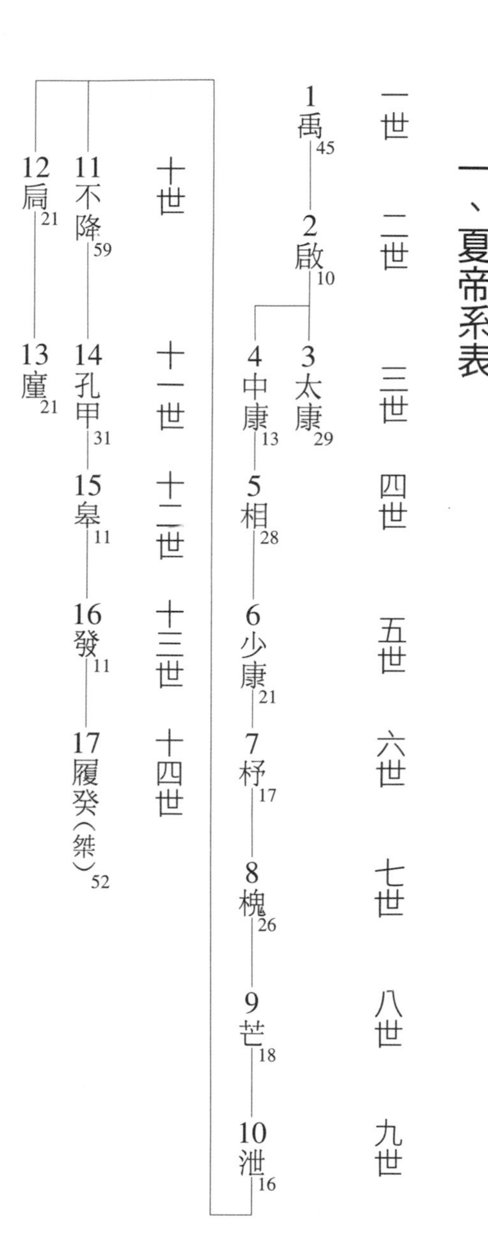

二、商帝系表

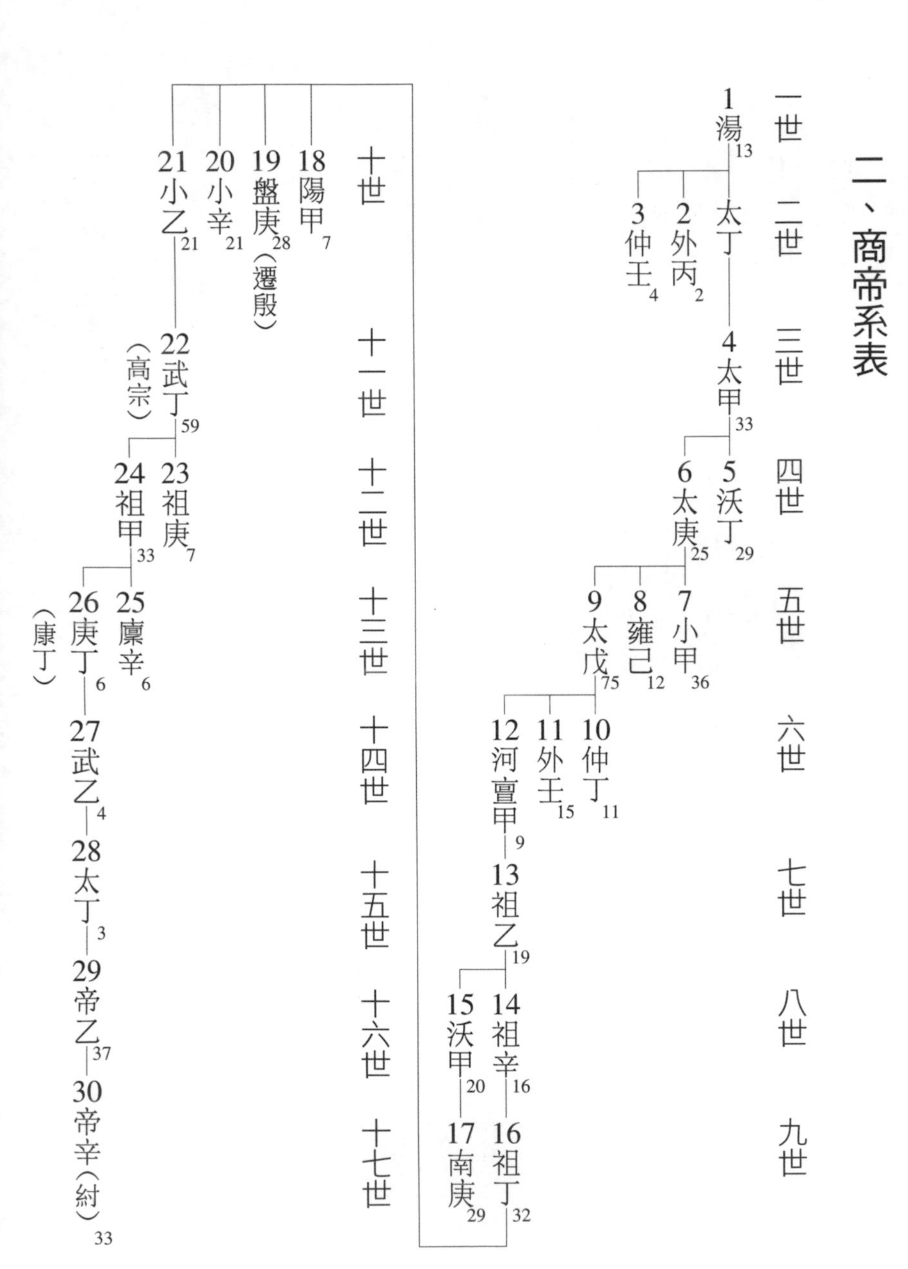

一世
二世
三世
四世
五世
六世
七世
八世
九世
十世
十一世
十二世
十三世
十四世
十五世
十六世
十七世
1 湯 13
2 外丙 2
3 仲壬 4
太丁
4 太甲 33
5 沃丁 29
6 太庚 25
7 小甲 36
8 雍己 12
9 太戊 75
10 仲丁 11
11 外壬 15
12 河亶甲 9
13 祖乙 19
14 祖辛 16
15 沃甲 20
16 祖丁 32
17 南庚 29
18 陽甲 7
19 盤庚 28（遷殷）
20 小辛 21
21 小乙 21
22 武丁 59（高宗）
23 祖庚 7
24 祖甲 33
25 廩辛 6
26 庚丁 6（康丁）
27 武乙 4
28 太丁 3
29 帝乙 37
30 帝辛（紂）33

三、西周帝系表

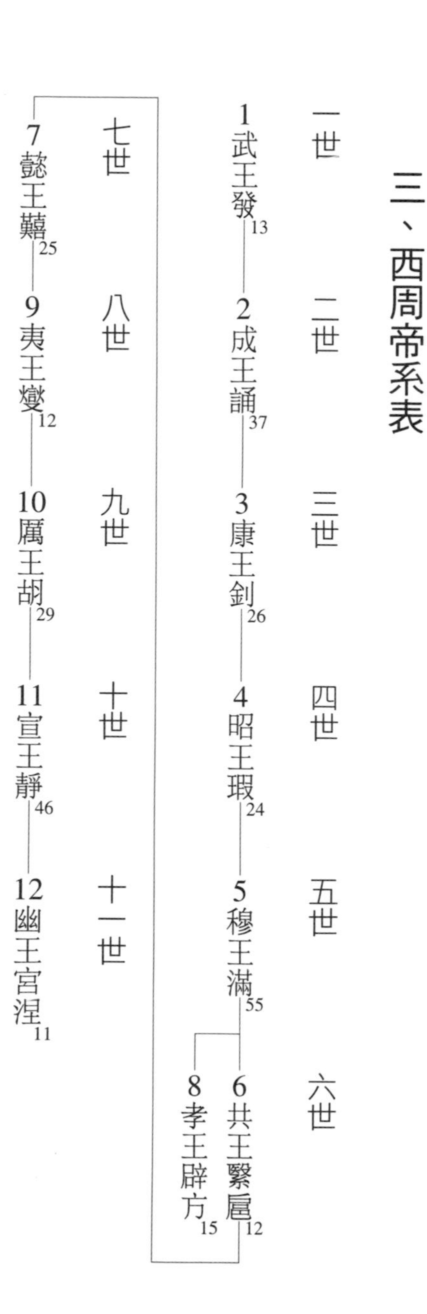

一世
1 武王發 13
二世
2 成王誦 37
三世
3 康王釗 26
四世
4 昭王瑕 24
五世
5 穆王滿 55
六世
6 共王繄扈 12
8 孝王辟方 15
七世
7 懿王囏 25
八世
9 夷王燮 12
九世
10 厲王胡 29
十世
11 宣王靜 46
十一世
12 幽王宮涅 11

四、東周帝系表

世代	帝系	在位年數
十二世	13 平王宜臼	51
十三世	太子洩父	
十四世	14 桓王林	23
十五世	15 莊王佗	15
十六世	16 僖王胡齊	5
十七世	17 惠王閬	25
十八世	18 襄王鄭	33
十九世	19 頃王王臣	6
二十世	20 匡王班	6
二十世	21 定王瑜	21
二十一世	22 簡王夷	14
二十二世	23 靈王泄心	27
二十三世	24 景王貴	25
二十四世	25 悼王猛	1
二十四世	26 敬王匄	44
二十五世	27 元王仁	7
二十六世	28 貞定王介	28
二十七世	29 哀王去疾	
二十七世	30 思王叔	
二十七世	31 考王嵬	15
二十八世	32 威烈王午	24
二十九世	33 安王驕	26
三十世	34 烈王喜	7
三十世	35 顯王扁	48
三十一世	36 慎靚王定	6
三十二世	37 赧王延	59

五、秦帝系表

一世	二世	三世
1始皇帝政 37	公子扶蘇	
	某	3王子嬰（《史記・李斯列傳》以為「始皇弟」，〈秦本紀〉以為「二世之兄子也」。）
	2二世皇帝胡亥 3	

六、西漢帝系表

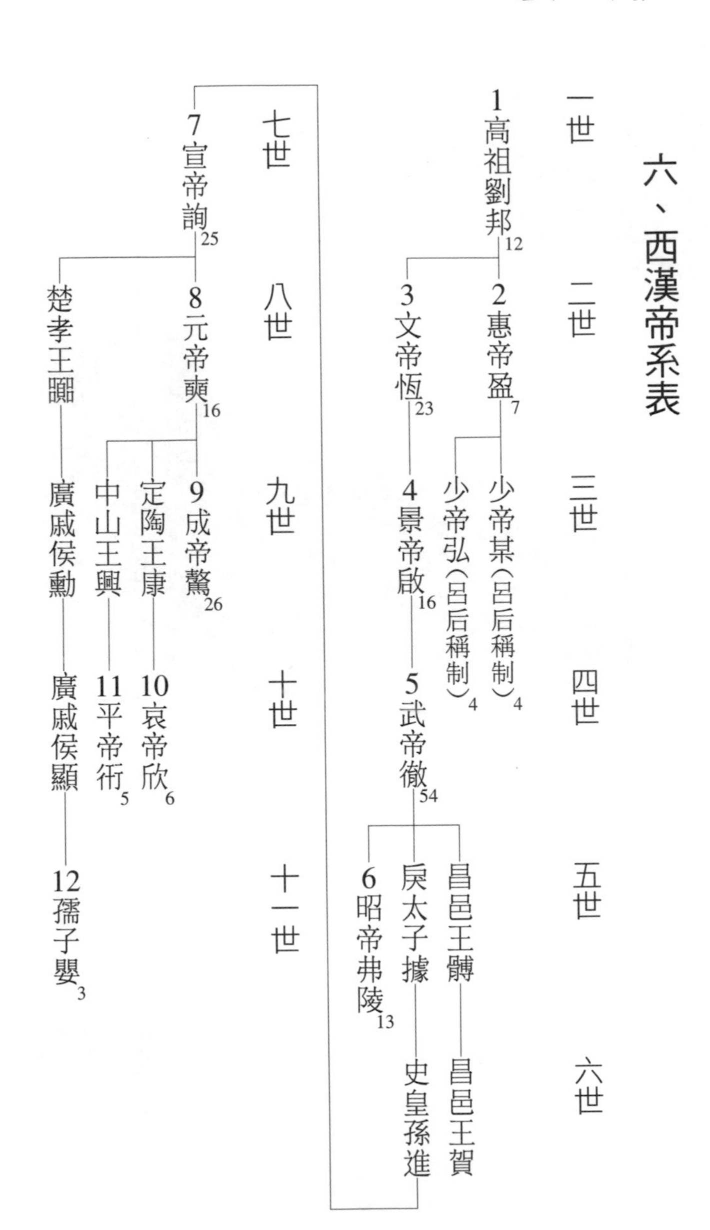
一世
二世
三世
四世
五世
六世
七世
八世
九世
十世
十一世
1高祖劉邦12
2惠帝盈7
3文帝恆23
少帝某(呂后稱制)4
少帝弘(呂后稱制)4
4景帝啟16
5武帝徹54
昌邑王髆
戾太子據
6昭帝弗陵13
昌邑王賀
史皇孫進
7宣帝詢25
8元帝奭16
楚孝王囂
9成帝驁26
定陶王康
中山王興
廣戚侯勳
10哀帝欣6
11平帝衎5
廣戚侯顯
12孺子嬰3

七、東漢帝系表

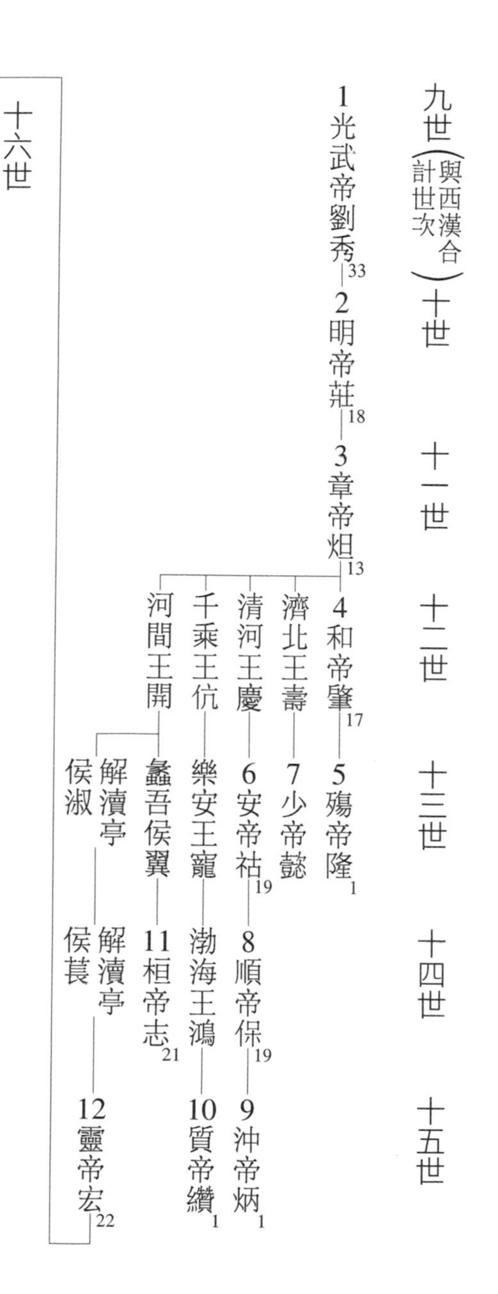
九世（與西漢合計世次）十世
十一世
十二世
十三世
十四世
十五世
十六世
1光武帝劉秀 33
2明帝莊 18
3章帝炟 13
4和帝肇 17
濟北王壽
清河王慶
千乘王伉
河間王開
5殤帝隆 1
7少帝懿
6安帝祜 19
樂安王寵
蠡吾侯翼
解瀆亭侯淑
8順帝保 19
渤海王鴻
11桓帝志 21
解瀆亭侯萇
9沖帝炳 1
10質帝纘 1
12靈帝宏 22
13少帝辯
14獻帝協 31

八、三國帝系表

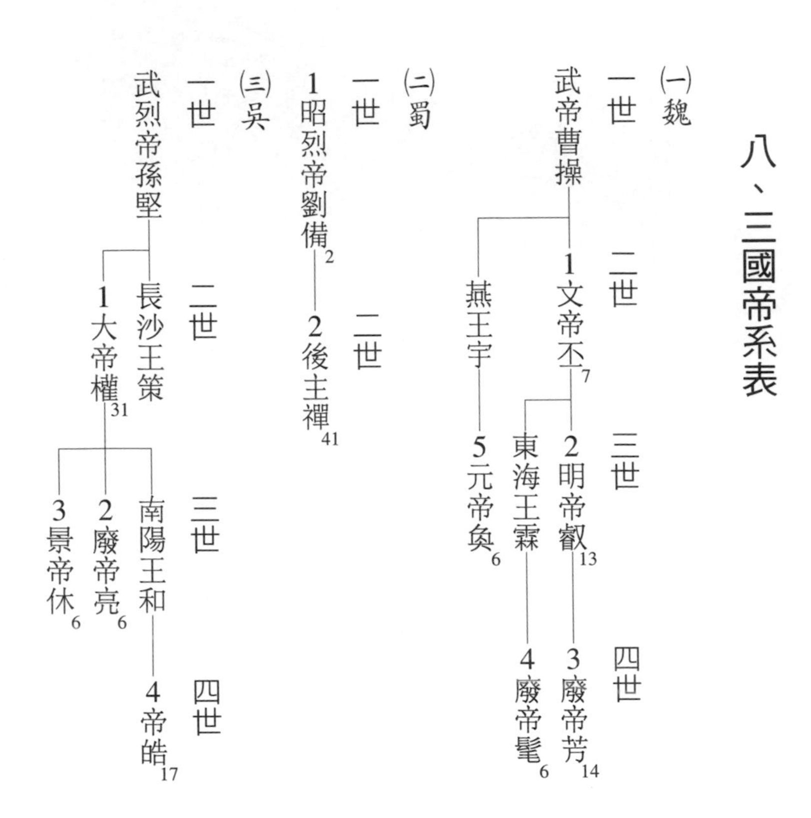

(一)魏
一世
武帝曹操
二世
1文帝丕 7
燕王宇
三世
2明帝叡 13
東海王霖
5元帝奐 6
四世
3廢帝芳 14
4廢帝髦 6
(二)蜀
一世
1昭烈帝劉備 2
二世
2後主禪 41
(三)吳
一世
武烈帝孫堅
二世
長沙王策
1大帝權 31
三世
南陽王和
2廢帝亮 6
3景帝休 6
四世
4帝皓 17

九、晉帝系表

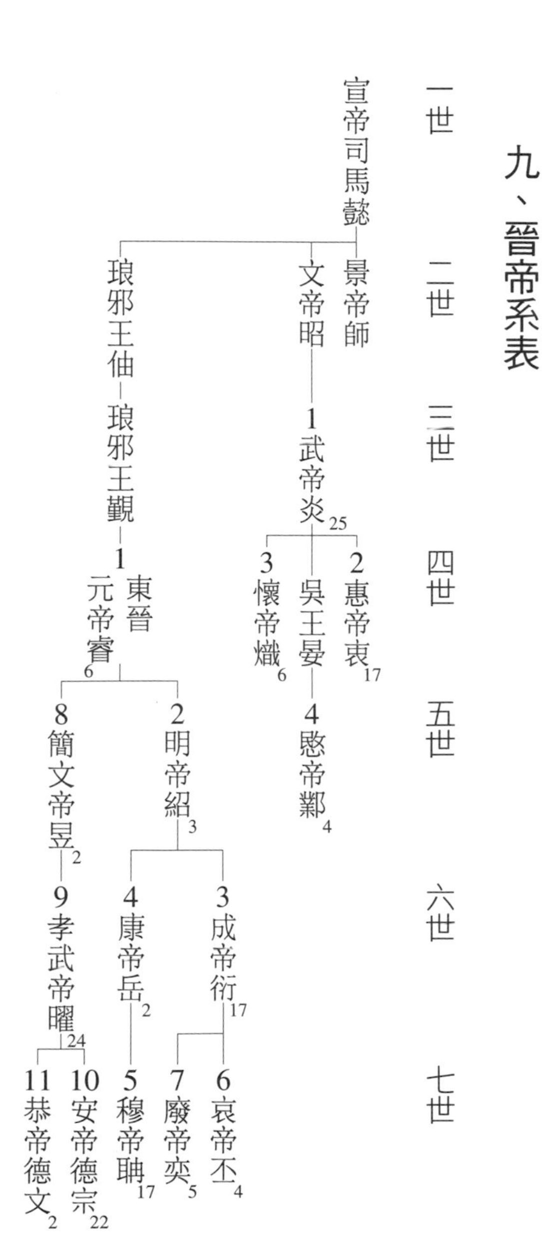
一世
二世
三世
四世
五世
六世
七世
宣帝司馬懿
景帝師
文帝昭
琅邪王伷
1 武帝炎 25
琅邪王覲
2 惠帝衷 17
吳王晏
3 懷帝熾 6
東晉
1 元帝睿 6
4 愍帝鄴 4
2 明帝紹 3
8 簡文帝昱 2
3 成帝衍 17
4 康帝岳 2
9 孝武帝曜 24
6 哀帝丕 4
7 廢帝奕 5
5 穆帝聃 17
10 安帝德宗 22
11 恭帝德文 2

十、南朝帝系表

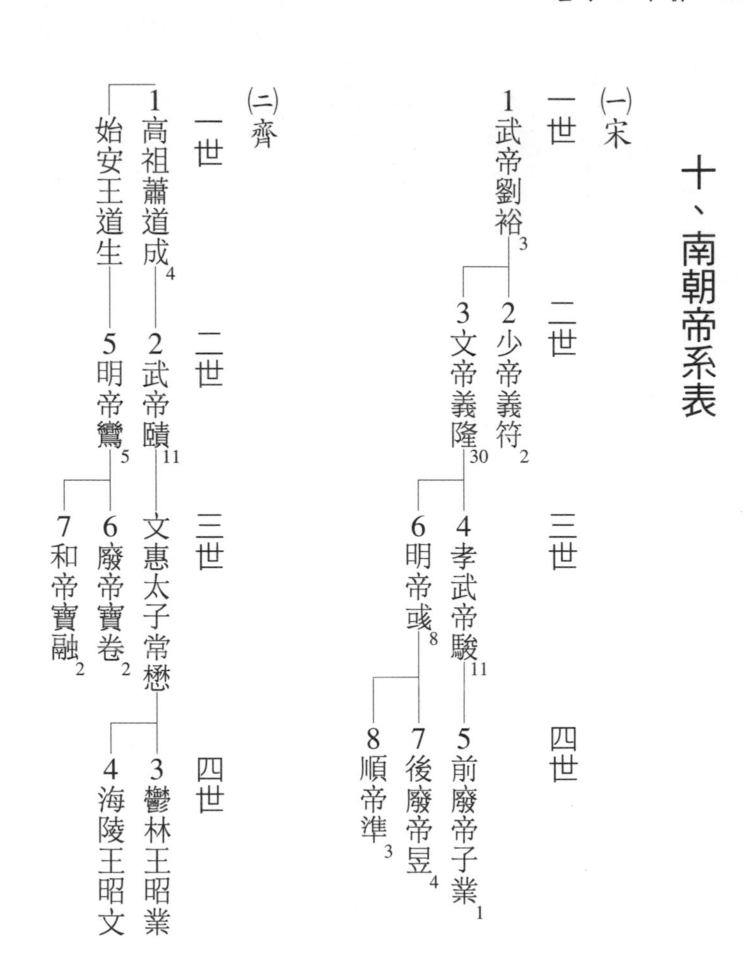

(一)宋
一世
1武帝劉裕 3
二世
2少帝義符 2
3文帝義隆 30
三世
4孝武帝駿 11
6明帝彧 8
四世
5前廢帝子業 1
7後廢帝昱 4
8順帝準 3
(二)齊
一世
1高祖蕭道成 4
始安王道生
二世
2武帝賾 11
5明帝鸞 5
三世
文惠太子常懋
6廢帝寶卷 2
7和帝寶融 2
四世
3鬱林王昭業
4海陵王昭文

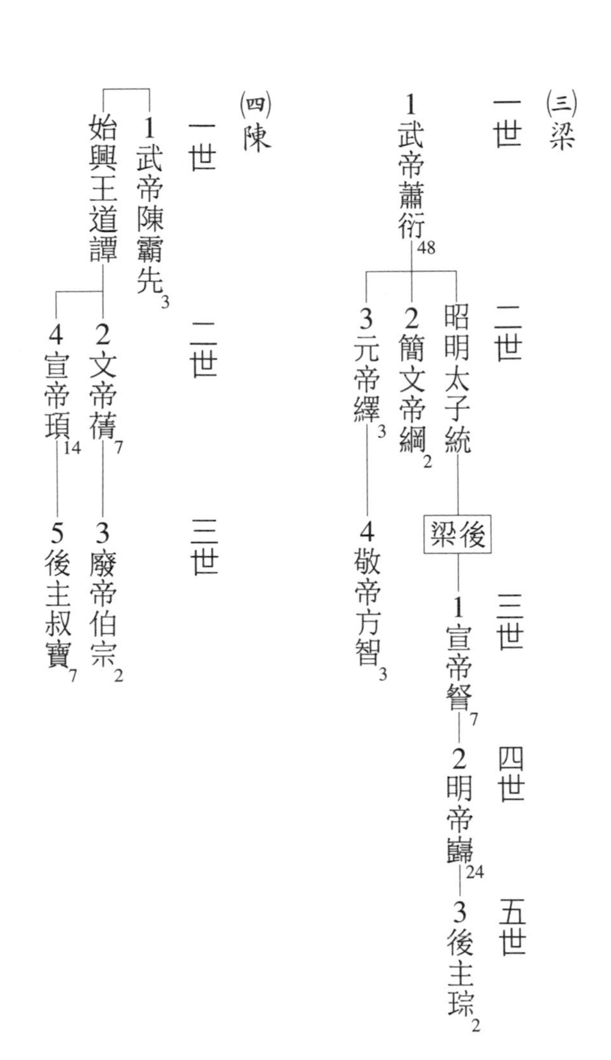
(三)梁
一世
1武帝蕭衍48
二世
昭明太子統
2簡文帝綱2
3元帝繹3
後梁
三世
1宣帝詧7
4敬帝方智3
四世
2明帝巋24
五世
3後主琮2
(四)陳
一世
1武帝陳霸先3
始興王道譚
二世
2文帝蒨7
4宣帝頊14
三世
3廢帝伯宗2
5後主叔寶7

十一、北朝帝系表

(一)北魏

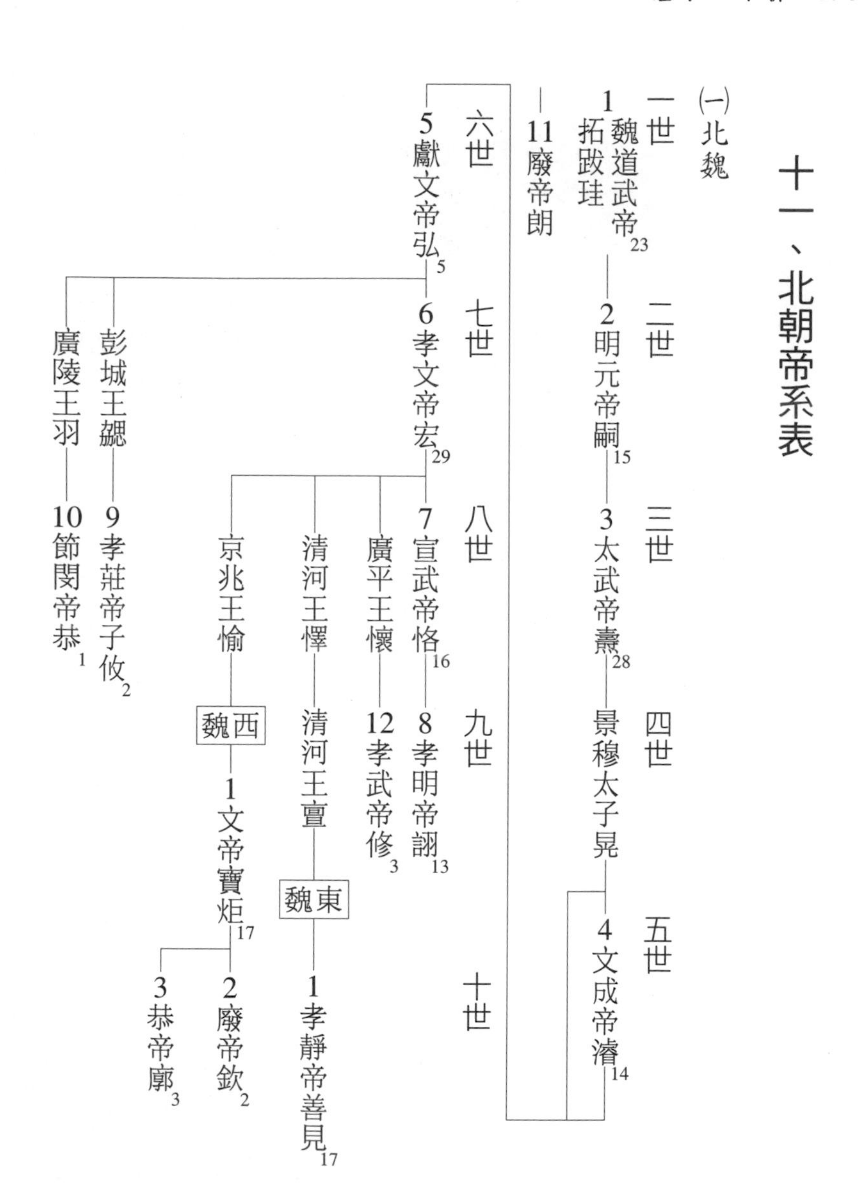

一世
1 魏道武帝拓跋珪 23
11 廢帝朗
二世
2 明元帝嗣 15
三世
3 太武帝燾 28
四世
景穆太子晃
五世
4 文成帝濬 14
六世
5 獻文帝弘 5
七世
6 孝文帝宏 29
彭城王勰
廣陵王羽
八世
7 宣武帝恪 16
廣平王懷
清河王懌
京兆王愉
9 孝莊帝子攸 2
10 節閔帝恭 1
九世
8 孝明帝詡 13
12 孝武帝修 3
清河王亶
西魏
1 文帝寶炬 17
東魏
十世
1 孝靜帝善見 17
2 廢帝欽 2
3 恭帝廓 3

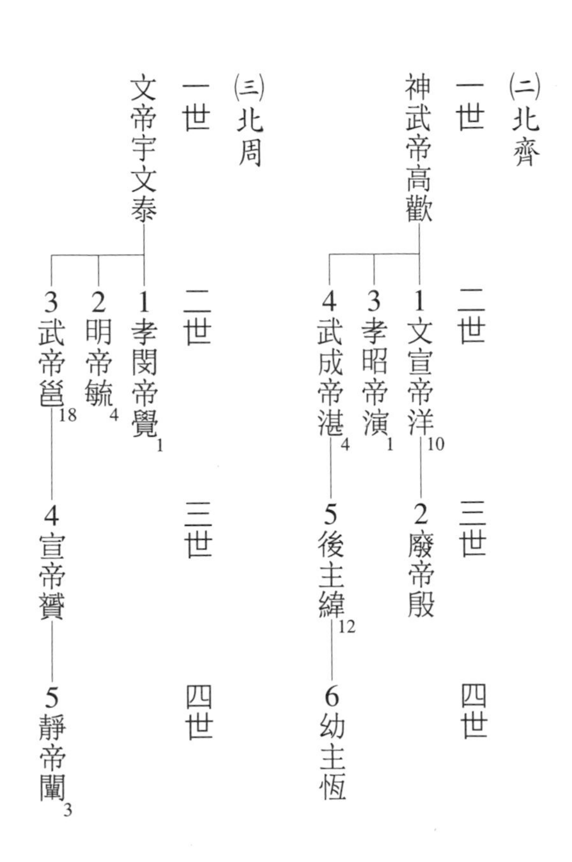
(二)北齊
一世
神武帝高歡
二世
1文宣帝洋10
3孝昭帝演1
4武成帝湛4
三世
2廢帝殷
5後主緯12
四世
6幼主恆
(三)北周
一世
文帝宇文泰
二世
1孝閔帝覺1
2明帝毓4
3武帝邕18
三世
4宣帝贇
四世
5靜帝闡3

十二、隋帝系表

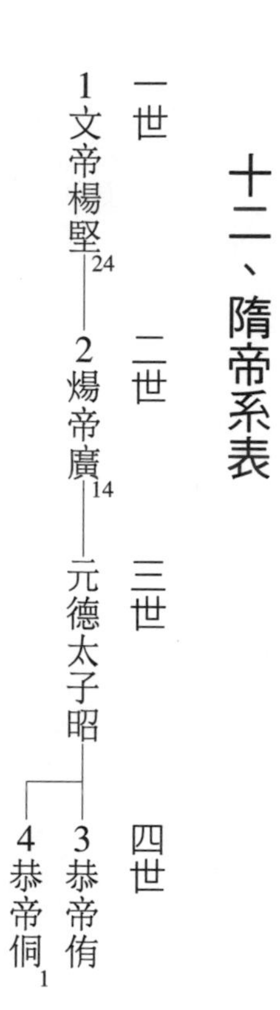

十三、唐帝系表

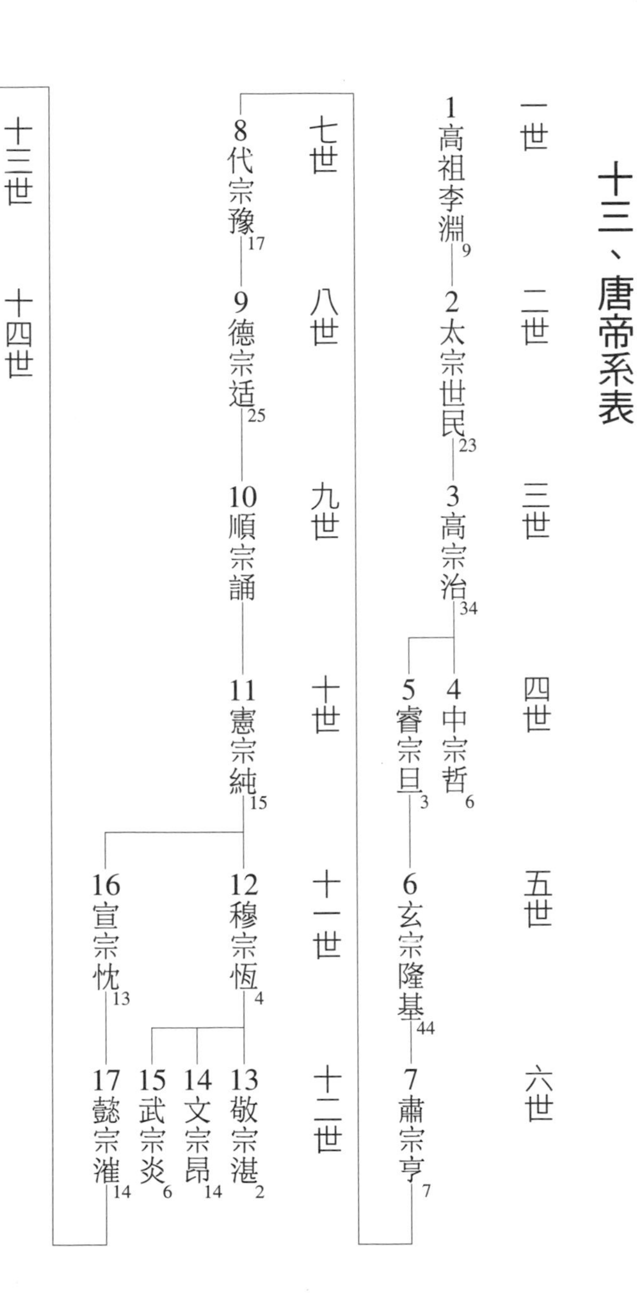

一世
1 高祖李淵 9
二世
2 太宗世民 23
三世
3 高宗治 34
四世
4 中宗哲 6
5 睿宗旦 3
五世
6 玄宗隆基 44
六世
7 肅宗亨 7
七世
8 代宗豫 17
八世
9 德宗适 25
九世
10 順宗誦
十世
11 憲宗純 15
十一世
12 穆宗恆 4
16 宣宗忱 13
十二世
13 敬宗湛 2
14 文宗昂 14
15 武宗炎 6
17 懿宗漼 14
十三世
18 僖宗儇 15
19 昭宗曄 16
十四世
20 哀帝柷 3

十四、五代帝系表

(一)後梁

一世	二世
1太祖朱溫[6]	2末帝瑱[11]

(二)後唐

一世	二世
1莊宗李存勗[3]	
2明宗嗣源[8]	3閔帝從厚
	4廢帝從珂[3]

(三)後晉

一世	二世
1高祖石敬瑭[7]	
宋王敬儒	2出帝重貴[5]

(四)後漢

一世	二世
1高祖劉知遠[2]	2隱帝承祐[2]

(五)後周

一世	二世	三世
1太祖郭威[3]	2世宗柴榮[6]	3恭帝宗訓

十五、兩宋帝系表

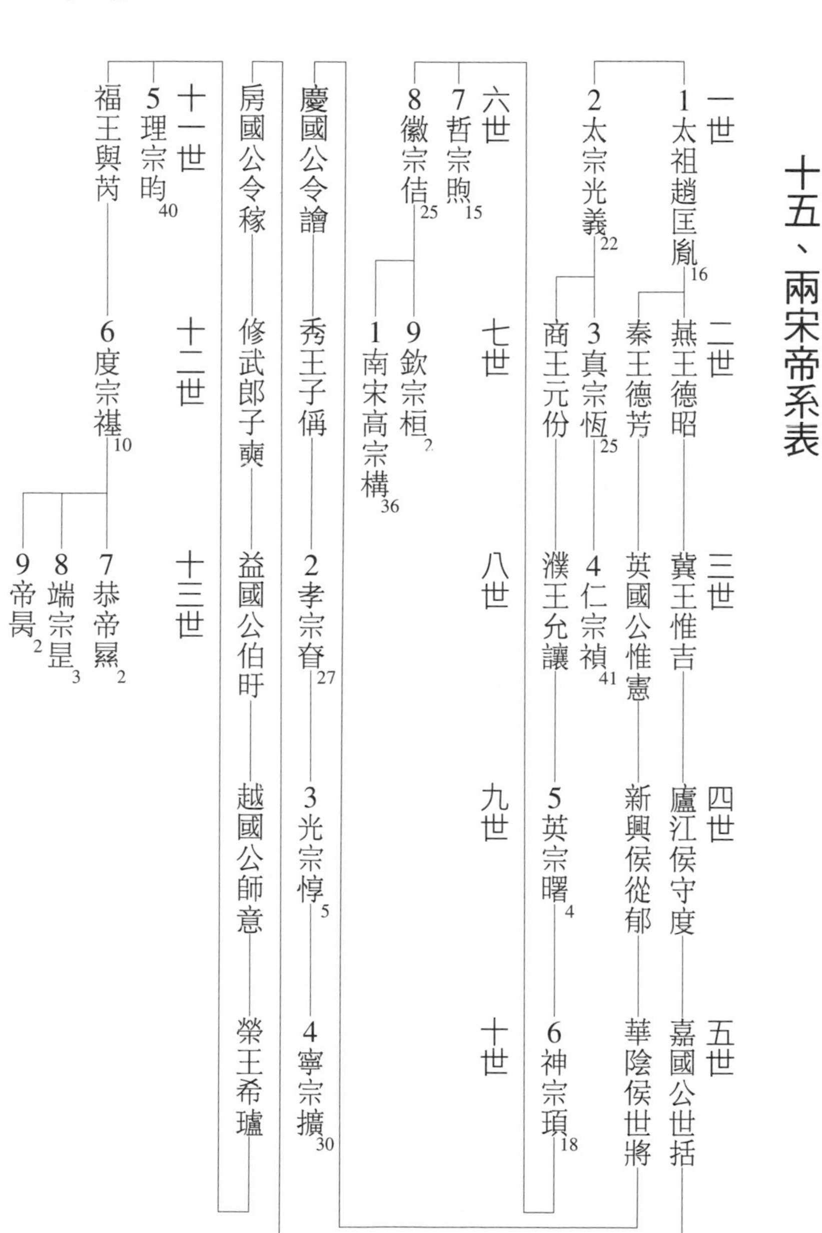

一世
1太祖趙匡胤16
2太宗光義22
二世
燕王德昭
秦王德芳
3真宗恆25
商王元份
三世
冀王惟吉
英國公惟憲
4仁宗禎41
濮王允讓
四世
廬江侯守度
新興侯從郁
5英宗曙4
五世
嘉國公世括
華陰侯世將
6神宗頊18
六世
7哲宗煦15
8徽宗佶25
七世
9欽宗桓2
1南宋高宗構36
八世
九世
十世
慶國公令譮
秀王子偁
2孝宗昚27
3光宗惇5
4寧宗擴30
房國公令稼
修武郎子奭
益國公伯旴
越國公師意
榮王希瓐
十一世
5理宗昀40
福王與芮
十二世
6度宗禥10
十三世
7恭帝㬎2
8端宗昰3
9帝昺2

十六、遼帝系表

- 一世：1 太祖耶律億（阿保機）11
  - 二世：2 太宗德光 20
    - 三世：4 穆宗璟 18
  - 二世：東丹王托允
    - 三世：3 世宗阮 4
      - 四世：5 景宗賢 14
        - 五世：6 聖宗隆緒 48
          - 六世：7 興宗宗真 24
            - 七世：8 道宗洪基 46
              - 八世：太子濬
                - 九世：9 天祚帝延禧 25

十七、金帝系表

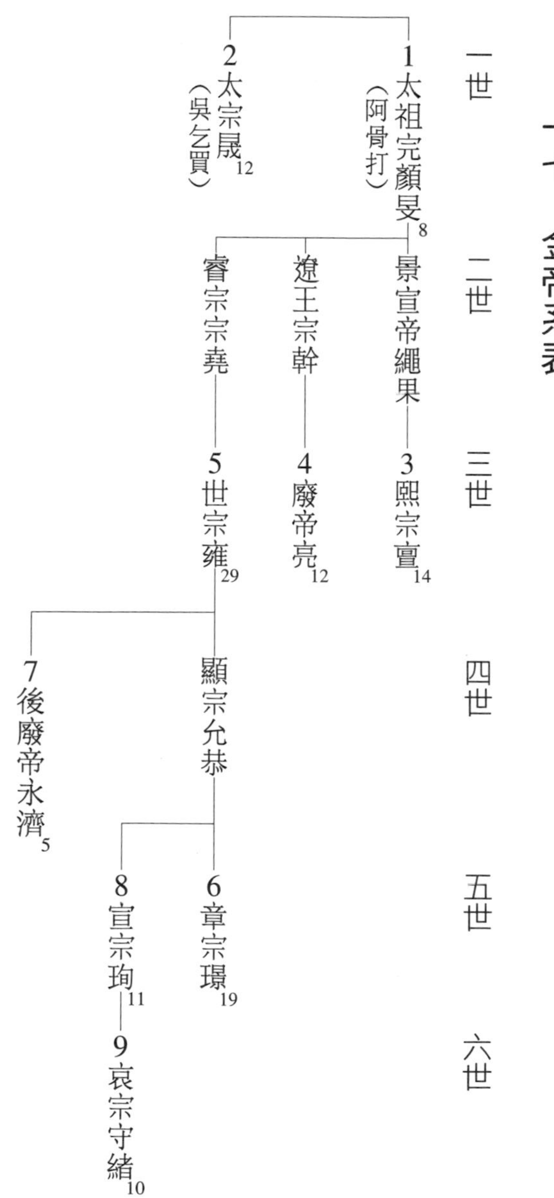

一世
二世
三世
四世
五世
六世
1太祖完顏旻8
（阿骨打）
2太宗晟12
（吳乞買）
景宣帝繩果
遼王宗幹
睿宗宗堯
3熙宗亶14
4廢帝亮12
5世宗雍29
顯宗允恭
7後廢帝永濟5
6章宗璟19
8宣宗珣11
9哀宗守緒10

十八、元帝系表

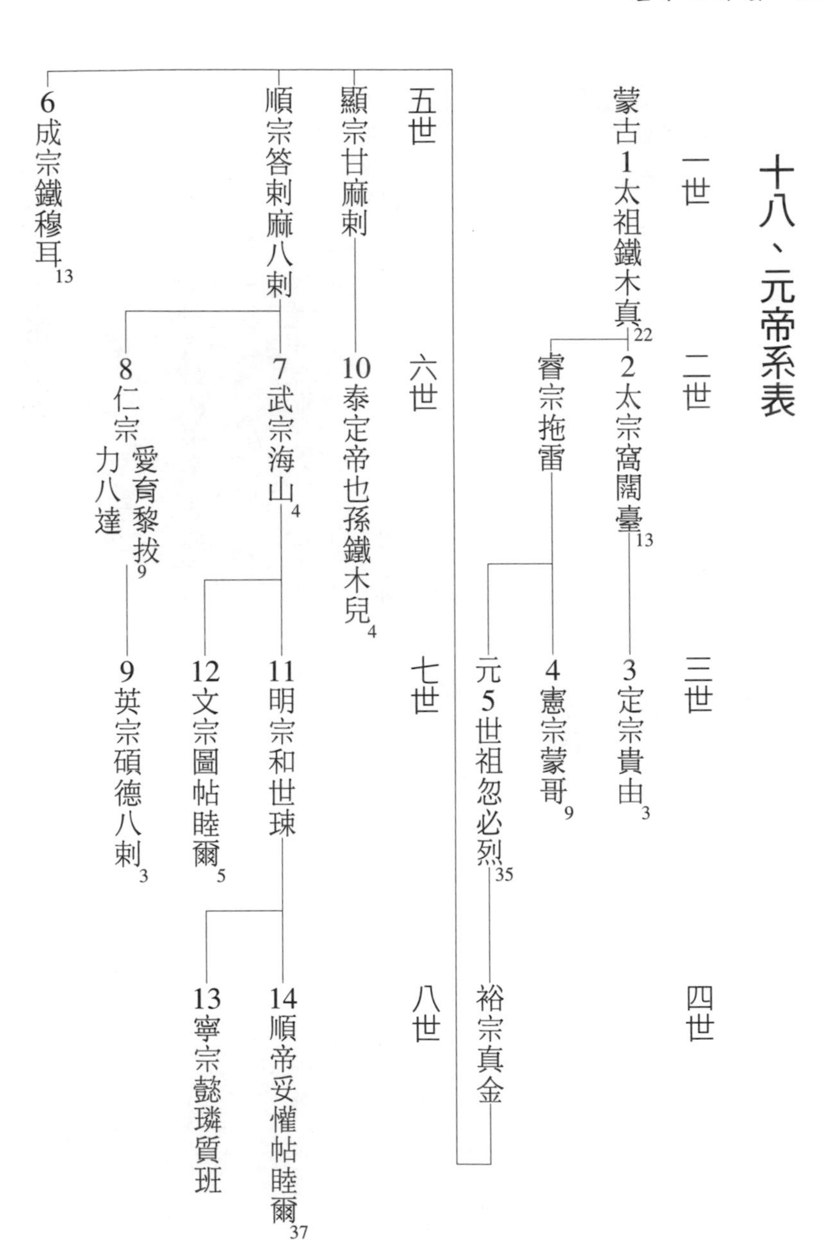
一世
二世
三世
四世
五世
六世
七世
八世
蒙古1太祖鐵木真22
2太宗窩闊臺13
睿宗拖雷
3定宗貴由3
4憲宗蒙哥9
元5世祖忽必烈35
裕宗真金
顯宗甘麻剌
順宗答剌麻八剌
6成宗鐵穆耳13
10泰定帝也孫鐵木兒4
7武宗海山4
8仁宗愛育黎拔力八達9
11明宗和世㻋
12文宗圖帖睦爾5
9英宗碩德八剌3
14順帝妥懽帖睦爾37
13寧宗懿璘質班

十九、明帝系表

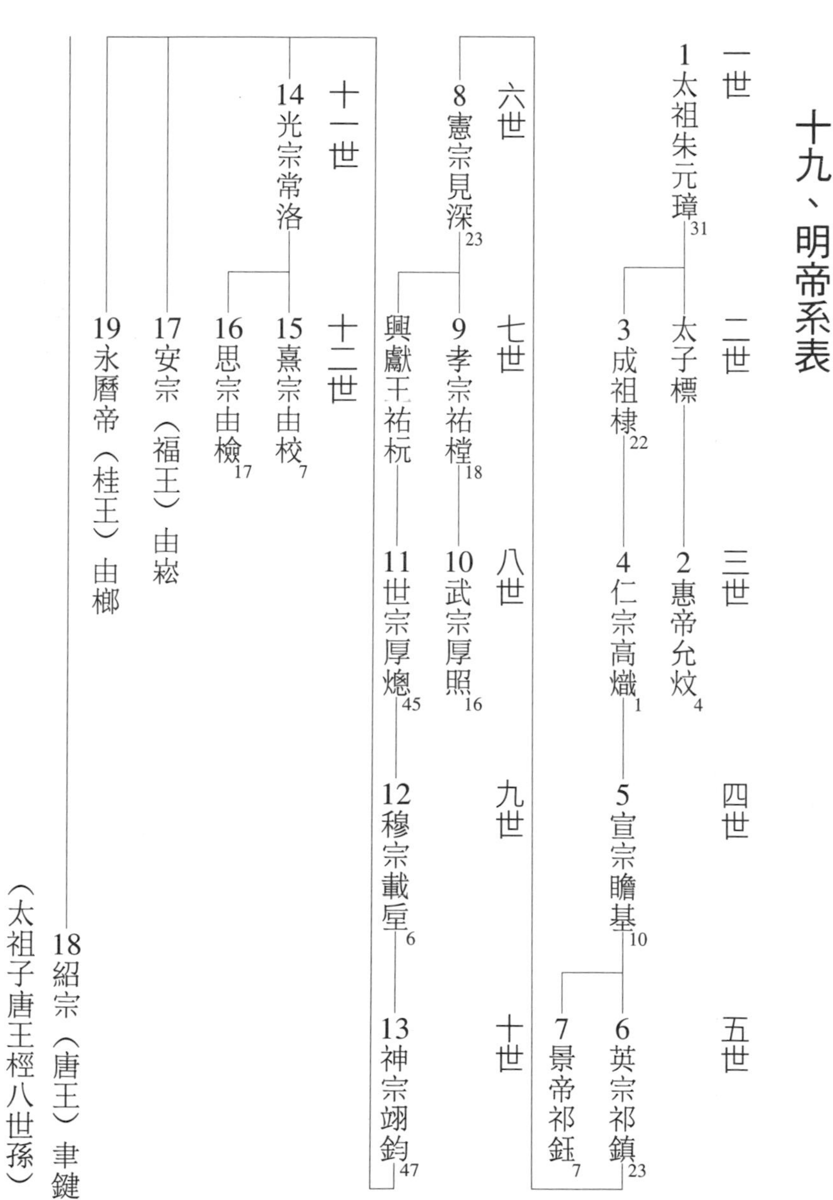

一世
1太祖朱元璋31
二世
太子標
3成祖棣22
三世
2惠帝允炆4
4仁宗高熾1
四世
5宣宗瞻基10
五世
6英宗祁鎮23
7景帝祁鈺7
六世
8憲宗見深23
七世
9孝宗祐樘18
興獻王祐杬
八世
10武宗厚照16
11世宗厚熜45
九世
12穆宗載垕6
十世
13神宗翊鈞47
十一世
14光宗常洛
十二世
15熹宗由校7
16思宗由檢17
17安宗（福王）由崧
19永曆帝（桂王）由榔
18紹宗（唐王）聿鍵
（太祖子唐王桱八世孫）

二十、清帝系表

一世 1 太祖努爾哈赤 11

二世 2 太宗皇太極 17

三世 3 世祖福臨 18

四世 4 聖祖玄燁 61

五世 5 世宗胤禛 13

六世 6 高宗弘曆 60

七世 7 仁宗顒琰 25

八世 8 宣宗旻寧 30

九世 9 文宗奕詝 11　醇王奕譞

十世 10 穆宗載淳 13　11 德宗載湉 34　攝政王載灃

十一世 12 宣統帝溥儀 3

附注：夏、商及西周共和以前帝王在位年數，參考華世出版社《中國歷史大事年表》。

貳、章炳麟增訂本三字經

人之初，性本善。性相近，習相遠。
苟不教，性乃遷。教之道，貴以專。
昔孟母，擇鄰處。子不學，斷機杼。
竇燕山，有義方，教五子，名俱揚。
養不教，父之過；教不嚴，師之惰。
子不學，非所宜。幼不學，老何為？
玉不琢，不成器；人不學，不知義。

為人子，方少時，親師友，習禮儀。
香九齡，能溫席。孝於親，所當執。
融四歲，能讓梨。弟於長，宜先知。
首孝弟，次見聞。知某數，識某文。
一而十，十而百，百而千，千而萬。
三才者，天地人；三光者，日月星。
三綱者，君臣義，父子親，夫婦順。

曰春夏，曰秋冬，此四時，運不窮。
曰南北，曰西東，此四方，應乎中。
曰水火，木金土，此五行，本乎數。
十干者，甲至癸。十二支，子至亥。
曰黃道，日所躔。曰赤道，當中權。
赤道下，溫暖極。我中華，在東北。
曰江河，曰淮濟，此四瀆，水之紀。
曰岱華，嵩恆衡，此五岳，山之名。
曰士農，曰工商，此四民，國之良。
曰仁義，禮智信，此五常，不容紊。
地所生，有草木，此植物，遍水陸。

有蟲魚，有鳥獸，此動物，能飛走。
稻粱菽，麥黍稷，此六穀，人所食。
馬牛羊，雞犬豕，此六畜，人所飼。
曰喜怒，曰哀懼，愛惡欲，七情具。
青赤黃，及黑白，此五色，目所識。
酸苦甘，及辛鹹，此五味，口所含。
羶焦香，及腥朽，此五臭，鼻所嗅。
匏土革，木石金，與絲竹，乃八音。
曰平上，曰去入，此四聲，宜調協。
高曾祖，父而身，身而子，子而孫。
自子孫，至玄曾，乃九族，人之倫。

父子恩，夫婦從；兄則友，弟則恭；
長幼序，友與朋；君則敬，臣則忠。
此十義，人所同。當順敘，勿違背。
斬齊衰，大小功，至緦麻，五服終。
禮樂射，御書數，古六藝，今不具。
惟書學，人共遵。既識字，講說文。
有古文，大小篆，隸草繼，不可亂。
若廣學，懼其繁，但略說，能知原。
凡訓蒙，須講究。詳訓詁，明句讀。
為學者，必有初。小學終，至四書。
論語者，二十篇，群弟子，記善言。

孟子者，七篇止，講道德，說仁義。
作中庸，乃孔伋，中不偏，庸不易。
作大學，乃曾子，自修齊，至平治。
孝經通，四書熟，如六經，始可讀。
詩書易，禮春秋，號六經，當講求。
有連山，有歸藏，有周易，三易詳。
有典謨，有訓誥，有誓命，書之奧。
我周公，作周禮，著六官，存治體。
大小戴，註禮記，述聖言，禮樂備。
曰國風，曰雅頌，號四詩，當諷詠。
詩既亡，春秋作，寓褒貶，別善惡。

三傳者，有公羊，有左氏，有穀梁。
經既明，方讀子。撮其要，記其事。
五子者，有荀揚，文中子，及老莊。
經子通，讀諸史。考世系，知終始。
自羲農，至黃帝，號三皇，居上世。
唐有虞，號二帝，相揖遜，稱盛世。
夏有禹，商有湯，周文武，稱三王。
夏傳子，家天下，四百載，遷夏社。
湯伐夏，國號商，六百載，至紂亡。
周武王，始誅紂，八百載，最長久。
周轍東，王綱墜。逞干戈，尚游說。

始春秋，終戰國，五霸彊，七雄出。
嬴秦氏，始兼併，傳二世，楚漢爭。
高祖興，漢業建，至孝平，王莽篡。
光武興，為東漢。四百年，終於獻。
蜀魏吳，分漢鼎，號三國，迄兩晉。
宋齊繼，梁陳承，為南朝，都金陵。
北元魏，分東西，宇文周，與高齊。
迨至隋，一土宇，不再傳，失統緒。
唐高祖，起義師，除隋亂，創國基。
二十傳，三百載，梁滅之，國乃改。
梁唐晉，及漢周，稱五代，皆有由。

炎宋興，受周禪，十八傳，南北混。
遼與金，皆稱帝。元滅金，絕宋世。
輿圖廣，超前代，九十年，國祚廢。
太祖興，國大明，號洪武，都金陵。
迨成祖，遷燕京，十六世，至崇禎。
權閹肆，寇如林，李闖出，神器焚。
清世祖，膺景命，靖四方，克大定。
由康雍，歷乾嘉，民安富，治績誇。
道咸間，變亂起，始英法，擾都鄙。
同光後，宣統弱，傳九帝，滿清殁。
革命興，廢帝制，立憲法，建民國。

古今史，全在茲。載治亂，知興衰。
史雖繁，讀有次。史記一，漢書二，
後漢三，國志四。兼證經，參通鑑。
讀史者，考實錄。通古今，若親目。
口而誦，心而惟。朝於斯，夕於斯。
昔仲尼，師項橐，古聖賢，尚勤學。
趙中令，讀魯論，彼既仕，學且勤。
披蒲編，削竹簡，彼無書，且知勉。
頭懸梁，錐刺股，彼不教，自勤苦。
如囊螢，如映雪，家雖貧，學不輟。
如負薪，如掛角，身雖勞，猶苦卓。

蘇老泉，二十七，始發憤，讀書籍。
彼既老，猶悔遲；爾小生，宜早思。
若梁灝，八十二，對大廷，魁多士。
彼既成，眾稱異；爾小生，宜立志。
瑩八歲，能詠詩；泌七歲，能賦碁。
彼穎悟，人稱奇；爾幼學，當效之。
蔡文姬，能辨琴；謝道韞，能詠吟。
彼女子，且聰敏；爾男子，當自警。
唐劉晏，方七歲，舉神童，作正字。
彼雖幼，身已仕；有為者，亦若是。
犬守夜，雞司晨；苟不學，曷為人？

蠶吐絲，蜂釀蜜；人不學，不如物。
幼而學，壯而行。上致君，下澤民。
揚名聲，顯父母。光於前，裕於後。
人遺子，金滿籯；我教子，惟一經。
勤有功，戲無益。戒之哉，宜勉力。

文學的・歷史的・哲學的・宗教的　古籍精華　盡在三民

古籍今注新譯叢書

哲學類

新譯四書讀本
新譯論語新編解義
新譯學庸讀本
新譯孝經讀本
新譯易經讀本
新譯乾坤經傳通釋
新譯周易六十四卦經傳通釋：上經
新譯周易六十四卦經傳通釋：下經
新譯易經繫辭傳解義
新譯禮記讀本
新譯儀禮讀本
新譯孔子家語
新譯老子讀本
新譯帛書老子
新譯老子解義
新譯莊子讀本
新譯莊子本義
新譯莊子內篇解義
新譯列子讀本
新譯管子讀本
新譯墨子讀本
新譯公孫龍子
新譯晏子春秋
新譯鄧析子
新譯荀子讀本
新譯尹文子
新譯尸子讀本
新譯鶡冠子
新譯鬼谷子
新譯韓非子
新譯呂氏春秋
新譯韓詩外傳
新譯淮南子
新譯春秋繁露
新譯新書讀本
新譯新語讀本
新譯潛夫論
新譯論衡讀本
新譯申鑒讀本
新譯人物志
新譯張載文選
新譯近思錄
新譯傳習錄
新譯呻吟語摘
新譯明夷待訪錄

文學類

新譯詩經讀本
新譯楚辭讀本
新譯文心雕龍
新譯六朝文絜
新譯世說新語
新譯昭明文選
新譯古文觀止
新譯古文辭類纂
新譯樂府詩選
新譯古詩源
新譯千家詩
新譯詩品讀本
新譯花間集
新譯南唐詞
新譯絕妙好詞
新譯唐詩三百首
新譯宋詩三百首
新譯宋詞三百首
新譯元曲三百首
新譯明詩三百首
新譯清詩三百首
新譯清詞三百首
新譯唐人絕句選
新譯拾遺記
新譯搜神記
新譯唐才子傳
新譯唐傳奇選
新譯宋傳奇小說選
新譯明傳奇小說選
新譯容齋隨筆選
新譯明散文選
新譯明清小品文選
新譯人間詞話
新譯白香詞譜
新譯幽夢影
新譯菜根譚
新譯小窗幽記
新譯圍爐夜話
新譯郁離子
新譯歷代寓言選
新譯賈長沙集
新譯揚子雲集
新譯建安七子詩文集
新譯曹子建集
新譯阮籍詩文集
新譯嵇中散集
新譯陸機詩文集
新譯陶淵明集
新譯江淹集
新譯庾信詩文選
新譯初唐四傑詩集
新譯駱賓王文集
新譯王維詩文集
新譯孟浩然詩集
新譯李白詩全集
新譯李白文集
新譯杜甫詩選
新譯杜詩菁華
新譯高適岑參詩選
新譯昌黎先生文集
新譯劉禹錫詩文選
新譯柳宗元文選
新譯白居易詩文選
新譯元稹詩文選

新譯李賀詩集
新譯杜牧詩文集
新譯李商隱詩選
新譯范文正公選集
新譯蘇洵文選
新譯蘇軾文選
新譯蘇軾詞選
新譯蘇轍文選
新譯曾鞏文選
新譯王安石文選
新譯唐宋八大家文選
新譯柳永詞集
新譯李清照集
新譯辛棄疾詞選
新譯陸游詩文選
新譯歸有光文選
新譯唐順之詩文選
新譯徐渭詩文選
新譯薑齋文集
新譯顧亭林文集
新譯方苞文選
新譯鄭板橋集
新譯袁枚詩文選
新譯李慈銘詩文選
新譯聊齋誌異選
新譯閱微草堂筆記
新譯浮生六記
新譯弘一大師詩詞全編

教育類

新譯爾雅讀本
新譯顏氏家訓
新譯聰訓齋語
新譯曾文正公家書
新譯三字經
新譯百家姓
新譯幼學瓊林
新譯增廣賢文・千字文
新譯格言聯璧

歷史類

新譯史記
新譯漢書
新譯後漢書
新譯三國志
新譯資治通鑑
新譯史記——名篇精選
新譯尚書讀本
新譯周禮讀本
新譯逸周書
新譯左傳讀本
新譯公羊傳
新譯穀梁傳
新譯春秋穀梁傳
新譯戰國策
新譯國語讀本
新譯說苑讀本
新譯新序讀本
新譯吳越春秋
新譯西京雜記
新譯列女傳
新譯越絕書
新譯燕丹子
新譯東萊博議
新譯唐六典
新譯唐摭言

宗教類

新譯金剛經
新譯高僧傳
新譯碧巖集
新譯百喻經
新譯楞嚴經
新譯梵網經
新譯圓覺經
新譯法句經
新譯六祖壇經
新譯禪林寶訓
新譯維摩詰經
新譯經律異相
新譯阿彌陀經
新譯無量壽經
新譯妙法蓮華經
新譯景德傳燈錄
新譯大乘起信論
新譯釋禪波羅蜜
新譯八識規矩頌
新譯永嘉大師證道歌
新譯華嚴經入法界品
新譯地藏菩薩本願經
新譯悟真篇
新譯无能子
新譯坐忘論
新譯列仙傳
新譯抱朴子
新譯神仙傳
新譯性命圭旨
新譯老子想爾注
新譯周易參同契
新譯道門觀心經
新譯養性延命錄
新譯樂育堂語錄
新譯沖虛至德真經
新譯長春真人西遊記
新譯黃庭經・陰符經

地志類

新譯山海經
新譯水經注
新譯佛國記
新譯大唐西域記
新譯洛陽伽藍記
新譯徐霞客遊記
新譯東京夢華錄

政事類

新譯商君書
新譯鹽鐵論
新譯貞觀政要

軍事類

新譯孫子讀本
新譯司馬法
新譯尉繚子
新譯三略讀本
新譯六韜讀本
新譯吳子讀本
新譯李衛公問對

◎新譯顏氏家訓

李振興、黃沛榮、賴明德／注譯

《顏氏家訓》是中國歷史上第一部體系龐大、內容豐富的家訓，作者為南北朝時期北齊的文學家顏之推。他因為身處亂世，見聞既多，感慨亦多，乃就所悟所得，撰成《顏氏家訓》以教家人。其書從居家教子到個人修養規範，內涵廣博，問世後即在民間普遍流傳，影響深遠。本書目的在使這部《家訓》能通俗化，使人人都看得懂，並從中得到啟示。

國家圖書館出版品預行編目資料

新譯三字經／黃沛榮注譯.——修訂二版六刷.——臺北市：三民，2020
面；　公分.——(古籍今注新譯叢書)

ISBN 978-957-14-4020-0 （平裝）
1.三字經－注釋 2. 中國語言－讀本

802.81　　　　93013587

古籍今注新譯叢書

新譯三字經

注譯者　黃沛榮
發行人　劉振強
出版者　三民書局股份有限公司
地址　臺北市復興北路 386 號 (復北門市)
臺北市重慶南路一段 61 號 (重南門市)
電話　(02)25006600
網址　三民網路書店 https://www.sanmin.com.tw

出版日期　初版一刷 1992 年 5 月
初版四刷 2003 年 2 月
修訂二版一刷 2006 年 3 月
修訂二版六刷 2020 年 7 月
書籍編號　S030550
I S B N　978-957-14-4020-0

三民書局